KB272501

TOUCH, 생명을 깨우는 손길

TOUCH, 생명을 깨우는 손길

22년의 손끝에서 길어 올린 회복의 내공

초 판 1쇄 2026년 03월 24일

지은이 강혜진
펴낸이 류종렬

펴낸곳 미다스북스
본부장 임종익
편집장 이다경, 김가영
디자인 임인영, 윤가희, 윤영빈
책임진행 이예나, 안채원, 김은진, 국소리, 송가희

등록 2001년 3월 21일 제2001-000040호
주소 서울시 마포구 양화로 133 서교타워 711호, 808호
전화 02) 322-7802~3
팩스 02) 6007-1845
블로그 http://blog.naver.com/midasbooks
전자주소 midasbooks@hanmail.net
페이스북 https://www.facebook.com/midasbooks425
인스타그램 https://www.instagram.com/midasbooks

ISBN 979-11-7355-751-4 03810

값 18,000원

미다스북스는 다음세대에게 필요한 지혜와 교양을 생각합니다.

TOUCH,
생명을 깨우는 손길

강혜진 지음

22년의 손끝에서
길어 올린
회복의 내공

미다스북스

단순히 직업을 바꾼 사건이 아니라
세상을 대하는 눈이 바뀐 순간

Turning point

Turning
Point

아픔을 누군가를 살리는 공감의 온도로
바꾸는 과정

Overcome

고통을 견디는 것을 넘어,
아픔을 누군가를 살리는 공감의 온도로
바꾸는 과정

Overcome

굳게 닫힌 마음의 빗장을 열고
신호에 귀를 기울일 때

Understand

굳게 닫힌 마음의 빗장을 열고
신호에 귀를 기울일 때

T
TEN
RE
O

막힌 흐름을 뚫고 당신의 삶을 다시 흐르게 할,
가장 정직하고 단단한 회복의 원리

Care & cure

나를 귀하게 여기는 하루 3분이
피워낸 눈부신 생명의 꽃

Haim

나를 귀하게 여기는 하루 3분이
피워낸 눈부신 생명의 꽃

Turning point

Overcome

Understand

Care & cure

Haim

나는 하루를 버티는 당신이
삶을 깨우는 하나의 '손길'을 만나길 바랍니다.

Touch

Flower

Tou:haim

생명을 깨우는 섬세한 터치, Tou:haim

투하임의 로고에는 전문가의 섬세한 손길(Touch)이
에 닿아 다시 생동하기를 바라는 진심을 담아 브랜드 이니셜 'T' 위로
빛이 닿아 꽃으로 피어나는 순간을 표현했습니다.
부 본연의 힘을 다시 깨우는 회복의 여정에 투하임이

알람 소리와 함께 '엄마'로서의 하루가 시작된다. 아직 곤히 잠들어 있는 아이의 머릿결을 조심스레 쓰다듬으며 오늘 하루를 미리 그려본다. 따뜻한 아침 식사를 준비하고 아이와 마주 앉아 지난밤 꾸었던 꿈 이야기를 나눈다. 일을 마치고 늦게 집으로 돌아온 엄마에게 다 전하지 못했던 어제의 시시콜콜한 일상을 풀어놓는 아이를 볼 때면 마치 식탁 위에서 꽃이 피는 것처럼 느껴진다.

내가 오늘 마주할 손님들의 예약 일정과 온라인 몰에 들어온 주문량을 체크하는 동안, 아이는 자신의 학교 시간표와 학원 일정을 묻는다. 짧지만 밀도 있는 이 시간에 우리는 넘

치는 애정 표현으로 서로의 하루를 응원하며 각자의 전쟁터
이자 삶의 터전인 학교와 일터로 향한다.

출근과 동시에 나는 마치 옷을 갈아입듯 '에스테틱 원장'이
된다. 고객을 환한 미소로 맞이하고 그들의 무너진 몸과 마
음, 지친 피부를 회복시키기 위해 매 순간 손끝에 진심을 담
는다. 동시에 나는 '화장품 브랜드의 대표'로서 또 다른 하루
를 맞이하기도 한다. '내 아이가 쓸 수 있을 만큼 안전해야 한
다.'라는 엄마의 마음으로 화장품의 성분과 제품 디자인을 꼼
꼼히 살핀다. 섬세한 손끝의 감각을 총동원해 수십 번의 샘
플링을 거치며 태어난, 나만의 레시피가 담긴 화장품을 세상
에 내보낼 준비를 한다.

한 아이의 엄마, 에스테틱 원장, 그리고 화장품 브랜드 대
표까지. 여러 이름으로 불리며 분주하게 매일을 살아가지만,
이 중 어느 하나도 소홀히 할 수 없다. 서로 다른 역할들이
어우러져 지금의 나라는 사람을 만들어 냈기에 나에게는 모
든 역할이 소중하다.

이 책은 단순히 에스테틱 원장으로서의 화려한 테크닉을 자랑하거나 브랜드의 비결을 전수하기 위해 쓰인 것이 아니다. 이 책은 아이를 키우는 엄마이자 자기 일을 지독히도 사랑하는 평범한 40대 여성이, 지난 22년간 어떤 철학을 가지고 삶을 일구어 왔는지에 대한 고백에 가깝다. 나의 철학이 일터에서 사람들과 부딪히면서 어떻게 따뜻한 기적으로 피어났는지, 그 내밀한 이야기를 전하고 싶었다.

지난 20여 년간 수많은 사람을 만났다. 나의 터치를 통해 누군가가 회복되는 과정을 지켜보면서 오히려 내가 치유받고 있음을 깨닫게 되었다. 섬세한 손길로 타인에게 생명력을 불어넣는 과정에서 나 자신도 끊임없이 성장해 왔다. 그 시간 속에서 건져 올린 감동과 감사하는 마음이야말로 이 책을 통해 당신에게 전달하고 싶은 가장 소중한 메시지이다. 이 책의 마지막 장을 덮을 때쯤, 나의 손길이 이미 충분히 고귀한 당신의 삶을 깨워주는 한 줄기 빛이 되어 당신에게 닿기를 바란다.

TOUCH,
생명을 깨우다

"그렇게 오랜 시간 사람들을 만지면 손이 아프지 않으세요?"

하루에도 고객의 얼굴과 바디를 연이어 관리하는 나를 보며 많은 분들이 걱정 어린 눈으로 묻곤 한다. 그럴 때면 나는 미소 지으며 대답한다.

"손아귀의 힘을 빼고, 올바른 자세로 체중을 실어 관리하면 제 몸에 무리가 가지 않아요. 오히려 근육의 결을 더 세밀하게 읽어낼 수 있고, 틀어진 몸의 균형까지 깊게 파고들 수 있죠."

처음 배울 때는 화려한 손놀림을 흉내 내고, 더 강한 압력과 정교한 기교로 고객을 만족시키는 것만이 정답이라 믿었다. 그때의 내 손은 타인에게 인정받기 위한 예민한 '도구'에 불과했다. 하지만 어느 순간 깨달았다. 내 손의 힘을 빼고 온전히 나의 무게를 실어 겸손한 마음으로 다가가는 순간, 손끝의 작은 힘보다 더 강한 공감과 에너지가 고객의 몸과 마음에 닿아 회복으로 이어진다는 사실을 말이다.

내게 TOUCH란 기술을 뽐내는 도구가 아니라, 낮은 자리에서 고객의 피부가 내뱉는 신음과 몸의 언어를 조용히 읽어내는 과정이다. 정교한 터치가 닿는 순간, 우리 몸 안에 잠들어 있던 스스로를 치유하는 힘, 즉 '생명력'이 비로소 깨어난다.

인생의 가장 추운 겨울을 지나며 나 스스로가 무너져 내렸을 때 역설적으로 타인의 통증이 내 손끝에 더 선명하게 읽히기 시작했다. 내가 직접 아파 보니 비로소 보였다. 고객의 굳은 어깨 뒤에 숨겨진 삶의 무게가, 거친 피부결 너머의 외로운 마음이 말이다. 그 어두운 터널을 통과한 뒤에야 나의 터치는 비로소 사람을 살려내는 온기를 품게 되었다.

막연한 호기심으로 시작해 딱 2년만 현장 경험을 쌓고 강단에 서겠다던 나의 야무진 포부는, 현장에서 수많은 삶을 마주하며 인생의 깊은 지혜를 깨닫는 과정으로 변모했다. 그 시간은 삶에 대한 나의 좁았던 시야를 넓혀주었고, 결국 나를 지금까지 현장에 머물게 하는 이끌림이 되었다. 꿈을 향한 열정으로 달려왔던 나의 터치는 경제적 어려움을 이겨내게 해준 든든한 기반이었으며, 한없이 자존감이 무너져 내렸던 순간에는 타인을 이롭게 하는 귀한 존재임을 일깨워준 스승이었다. 나를 성장시키고, 살아내게 하고, 끝내 살려준 것은 바로 이 'TOUCH'였다.

이제 나는 고객과 나를 연결해 주던 이 손길을 에스테틱이라는 물리적인 공간을 넘어 당신의 일상으로 확장하려 한다. 브랜드 '투하임(Tou:haim)'의 로고는 글자 'T' 위로 한 줄기 빛이 내려오고 터치가 닿는 순간 꽃이 피어나는 형상을 하고 있다. 20여 년의 임상을 녹여 만든 화장품 한 병, 그리고 이

책에 담긴 문장 하나하나가 나의 손길을 대신해 당신의 일상에 따뜻한 빛으로 찾아갈 것이다.

이 책을 읽기 전, 잠시 버티듯 살아온 당신의 손으로 당신의 얼굴과 몸을 가만히 쓰다듬어 보기를 바란다. 자신을 귀하게 여기는 마음으로 어루만지는 그 터치가, 당신 안의 생명을 깨우는 경이로운 시작이 되기를 바란다.

|Turning point

관점을 바꾸니 가치가 보이다

에스테틱으로
인생의 궤도를 바꾼
모범생 소녀

논리적으로 설명할 수는 없었지만 왠지 모를 두근거림이 심장 박동을 앞질러 달리기 시작했다. 마음속은 이미 알 수 없는 설렘과 확신으로 가득 차올랐다.

학창 시절의 나는 정해진 궤도를 이탈해 본 적 없는 성실한 학생이었다. 매 학년 반의 임원을 맡을 만큼 모범생이었고, 수업 시간에는 늘 교실 맨 앞줄에 앉아 선생님의 판서를 꼼꼼히 받아 적곤 했다. 그런 나에게 수학은 세상에서 가장 명쾌한 안식처였다. 복잡하게 얽힌 수식들 사이를 헤쳐 나가다 결국 단 하나의 정답에 도달했을 때 느껴지는 짜릿한 쾌감과, 그 풀이 과정을 누군가에게 설명하고 함께 정답을 찾아나가는 여정은 학창 시절의 가장 큰 즐거움이었다. 누군가 나의 장래 희망을 물으면 수학 선생님이라고 답하는 것이 당연하게 느껴질 정도였다.

나는 인생의 항로가 이미 정해졌다고 믿고 있었다. 그러던 어느 날, 한 살 터울의 사촌 언니와 나눈 대화가 그 믿음을 흔들어 놓았다. 마치 평온한 호수에 누군가 돌을 던진 것처럼 인생을 뒤바꿔 놓는 전환점이 되었다. 언니는 내가 한 번도 상상해 보지 못한 전혀 다른 세상의 단어들을 꺼내 놓았다.

"네일 아티스트, 아니면 스포츠 마사지사는 어때?"

언니의 낯선 제안에 처음에는 단칼에 선을 그었다. 미용은 내 길이 아니라고 생각했다. 수능이 끝나고서야 겨우 생애 첫 염색을 시도했을 만큼, 나는 '가꾸는 일'이나 '남을 꾸며주는 일'에는 무관심한 학생이었기 때문이다. 그런데도 언니와 대화를 나눈 이후부터 내 마음속에서는 이상한 소용돌이가 일었다. 그날 밤 잠들기 위해 누운 나의 머릿속에서는 '사람의 몸을 만지는 일'이라는 문장이 떠나지 않고 맴돌았다. 논리적으로 이유를 설명할 수는 없었지만 왠지 모를 두근거림이 심장 박동을 앞질러 달리기 시작하는 느낌이었다. 마음속은 이미 알 수 없는 설렘과 확신으로 가득 차올랐다.

하지만 부모님의 반응은 차가웠다. 늘 부모님 말씀을 잘 따르고 공부도 잘하던 딸이었기에 예상치 못한 진로를 선택하겠다는 선언은 부모님께 큰 실망감을 안겨드렸다. 당시에는 반대하는 부모님이 서운하고 야속하기만 했다. 하지만 아이를 키우는 엄마가 된 지금은 그 마음을 이해할 수 있을 것 같다. 새로운 미래를 꿈꾸는 딸을 응원하고 싶지만, 그보다 불확실한 길을 걸어가려는 딸에 대한 현실적인 걱정이 앞섰을 테니 말이다. 부모님께서는 실제로 일을 시작하고 약 2년이 지난 뒤에도 "공무원 준비라도 해보면 어떻겠니?"라고 말씀하시며 걱정을 거두지 않으셨다. 그만큼 나의 선택이 부모님께는 받아들이기 힘든 모험이었다.

그럼에도 나는 이미 예전으로 돌아갈 수 없었다. 화장기

없는 단발머리에 맨투맨과 면바지를 입은 투박한 차림이었지만 미용 수업을 듣는 나의 눈빛만큼은 방정식을 풀 때보다 더 생생하게 반짝이고 있었다. 피부 과학, 아로마 테라피, 네일 아트까지…. 새로운 지식을 알아가는 모든 순간이 신기했고 재미있었다. 과제 하나를 하더라도 밤을 지새우며 완벽한 결과물을 만들어내고, 늘 맨 앞자리에 앉아 초롱초롱한 눈으로 수업을 듣던 나를 교수님들은 무척이나 아껴주셨다. 마치 배움에 허기진 사람처럼 열정을 부었더니 나는 학회장을 맡은 것은 물론, 전 학기 성적 우수 장학생이 되는 기쁨을 맛보기도 했다.

그렇게 정신없이 여러 분야의 이론을 공부하다 보니 어느새 실습만을 남겨두고 있었다. 나는 부산의 유명 에스테틱 샵에 직접 전화를 걸었다. 기회를 기다리기보다 스스로 문을 두드리는 쪽을 택한 것이다. 그렇게 나의 피부 미용의 여정은 당찬 발걸음과 함께 시작되었다.

현장 분위기는 활기가 넘쳤고, 그곳에서 일을 배우는 시간은 알차고 즐거웠다. 하지만 직원실에서 마주한 선배들의 모습은 충격적으로 다가왔다. 바디 관리를 전담하던 선배들은 휴식 시간마다 통증으로 엎드려 있거나 여러 병원을 전전하고 있었다. 나는 힘들어하는 선배들의 모습을 보며 '바디 관리를 하지 않는 곳으로 취직해야겠다.'라는 현실적인 타협안을 잠시 마음에 품기도 했다. 그러나 시련은 예고 없이 찾아오는 법. 매일 성실히 업무를 익히던 와중 허리디스크라는 복병을 만난 것이다. 열정을 쏟은 대가치고는 너무나 가혹한 결과처럼 느껴졌다.

한창 일을 배우는 재미에 빠져 있던 시기에 갑작스레 찾아온 통증은 몸보다 마음을 더 아프게 했다. 허리부터 발가락까지 저리는 고통 속에서 편히 앉지도, 눕지도 못하는 나날이 이어졌다. 결국 증상은 점점 악화됐고, 나는 20대 초반의 나이에 수술의 기로에 서게 되었다. 부모님께 죄송한 마음과 함께 앞날에 대한 막막함이 밀려왔다. 하지만 그 상태로 꿈을 포기하고 싶지는 않았다. 그렇게 나는 수술을 선택하는 대신 대학 병원과 한방 병원을 병행하며 재활 치료를 받기 시작했다. 마치 내 몸에 임상 실험을 하듯이 어떤 스트레칭과 마사지가, 또 어떤 치료들이 통증을 줄이는지 내 몸을 관찰하며 몸의 감각을 세세히 기록해 나갔다.

내 몸을 연구하고 회복시키는 과정은 더디고 고통스러웠지만 놀라운 결과를 가져왔다. 몇 개월 만에 기적처럼 수술 없이도 허리가 회복되었다. 이 치료의 과정을 모두 경험하자 내 안에서 근본적인 질문 하나가 생겨났다.

‘어떻게 이토록 극심한 통증이 수술 없이 회복될 수 있었을까?’

이 궁금증은 나를 새로운 세계로 이끌었다. 단순히 피부 겉면을 가꾸는 관리사가 아닌 몸의 균형을 바로잡는 ‘체형 관리’의 세계에 관심을 가지게 된 것이다. 나를 사로잡은 질문에 대한 해답을 찾고 싶었다. 사람의 몸을 더 깊이 이해하고 싶은 나의 갈망과 더 많은 경험을 쌓고 싶었던 나의 마음은 나를 결심으로 이끌었다.

"가장 앞서는 뷰티의 중심으로 가자."

그렇게 용기를 내어 당시 미용의 메카였던 압구정 로데오의 고급 체형 관리샵에 지원했다. 면접 당일, 면접실의 무거운 공기 속에서 원장님은 나에게 날카로운 질문을 던졌다.

"우리는 체형을 제대로 관리하는 곳입니다. 1년은 혹독하게 배워야 고객 몸에 손을 댈 수 있어요. 버틸 자신 있나요?"

잠시 숨을 고른 뒤 나는 답했다. "네, 버텨내겠습니다." 나에게는 흔들리지 않을 확신이 있었다. 이미 고통을 뚫고 나 자신을 회복시키는 생생한 과정을 직접 경험했기 때문이다. 그리고 이곳이라면 나의 기술에 대한 배움의 갈증을 채울 수 있으리라는 확신이 들었다. 그렇게 나는 압구정에서 본격적인 에스테티션의 길로 들어섰다. 나에게 그곳은 이미 단순한 일터가 아니었다. 직업을 넘어 '전문가'라는 소명을 품게 된 나의 첫 번째 무대였다.

사소한 태도에서 발견한
성장의 가치

내가 받는 대가보다 더 큰 가치를 제공하겠다는 마음가짐. 화장품 진열대를 닦으며 배운 이 단단한 다짐이 지금의 나를 지탱하는 가장 강력한 뿌리가 되었다.

처음으로 현장에 발을 내디뎠던 순간도 벌써 22년 전이다. 당시 미용계의 초급 월급은 100만 원이 채 되지 않을 정도로 무척이나 박했다. 적은 돈으로 서울 강남 한복판인 압구정에서 앞서가는 미용을 배우기란 여간 고단한 일이 아니었다. 부모님의 반대를 무릅쓰고 선택한 길이었기에 마련해주신 원룸 보증금 외에는 그 어떤 도움도 기대하기 어려운 현실이었다.

누구의 지지도 없이 시작한 서울살이는 팍팍했고, 일에서도 아직 인정받지 못하던 시절이었다. 하지만 이상하게도 나는 이 시간이 즐거웠다. 고된 하루 끝에도 마음속에서는 오히려 더 잘하고 싶은 열망만 커졌다. 나는 이 적은 월급 안에서도 계속 성장하며 나 자신을 키워내기로 결심했다. 그렇게 십일조와 고정 비용을 제외한 나머지 금액의 10%를 '미래 투자 비용'으로 책정했다.

적은 돈으로 내가 할 수 있는 투자는 소박한 일들이었다. 일주일에 한 번 대중목욕탕이나 찜질방에 가서 고된 노동으로 지친 나의 몸을 직접 천천히 풀어주는 것, 그리고 전문 서적을 사서 혼자서 공부를 이어 나가는 것이었다. 일요일 아침이면 예배를 드리고 교보문고에 들러 책 한 권을 산 뒤 목욕탕에서 지친 몸의 피로를 풀며 새로운 한 주를 준비했다. 자신을 위해 투자하고 성장하기 위해 노력하던 시간. 비록 가진 것은 없었지만, 꿈을 향해 달려가던 그때의 나는 세상 누구보다 충만한 행복으로 가득 차 있었다.

하지만 눈앞에 닥친 현실은 냉혹했다. 생활에 필요한 여러 가지 비용을 지급하고 나면 길거리 노점의 5,000원짜리 작은 액세서리 하나를 사는 것조차 한참을 고민해야 했다. 떡볶이 일 인분을 사 먹는 것조차 망설여질 정도로 주머니는 가벼웠다. 주 6일을 하루 10시간 넘게 쉬지 않고 일하는데 손에 쥐는 것이 이토록 초라하다는 사실에 자괴감이 밀려오기도 했다.

그렇게 고단한 막내 생활을 이어가던 어느 날, 샵 한구석에서 한 달 수입을 정산하시는 원장님의 뒷모습을 보게 되었다. 그 순간 내 머릿속에는 쉽게 넘길 수 없는 질문 하나가 스쳤다.

'만약 내가 원장이라면, 지금의 나에게 얼마를 주고 싶을까?'

냉정하게 계산해 보았다. 지금의 나는 어떤 상태이고 나의 가치는 얼마일까? 기술이 부족해 고객의 팔 관리 하나 자신 있게 해내지 못하는 나. 이런 나의 존재가 이 샵의 경영에 도움이 되기는 할까? 오히려 부담이 되는 것은 아닐까? 현실적으로 나의 모습을 돌아보니 지금 받는 월급조차 과분한 것처럼 느껴졌다. 그날 이후 일을 바라보는 나의 관점은 완전히 바뀌었다.

'그래, 기술이 부족하다면 더 많이 노력하자. 원장님이 청소하는 분을 따로 고용하지 않아도 될 만큼 완벽하게 샵의 환경을 가꾸는 거야. 내 월급이 청소 비용으로만 쓰인다고 해도 아깝지 않게 만들자.'

이런 다짐을 한 이후부터 나는 평소보다 더 정성을 다해 샵 구석구석을 청소했다. 현관문과 화장품 진열대는 얼굴이 비칠 정도로 투명하게 닦아냈고, 먼지 한 톨 없이 왜건 위의 화장품들을 사용하기 좋게 줄을 맞췄다. 보이지 않는 수납장 안쪽까지 제품들의 오와 열을 맞췄고, 타월 또한 각을 잡아 가지런히 채워 넣었다. 샵 전체뿐 아니라 샤워실과 화장실의 물때와 머리카락까지 완벽히 제거하는 과정은 단순한 노동이 아닌 나의 다짐을 담은 청소였다.

원장님은 출근하시자마자 샵을 한 바퀴 둘러보시더니 눈이 휘둥그레지셨다. 그리고 나를 불러 이렇게 말씀하셨다.

"막내야, 오늘 청소를 기가 막히게 했네! 내가 기분이 너무 좋다. 너에게 예쁘고 고급스러운 스타킹을 하나 선물해야겠어!"

원장님께서 주신 것은 작은 스타킹 한 켤레였지만 나에게는 말로 표현할 수 없을 정도로 의미 있는 선물이었다. 그것은 나의 태도가 처음으로 세상에 인정받은 증거이자 훈장이었다. 일을 대하는 관점이 바뀌자, 태도가 바뀌었고 태도가 달라지니 자연스럽게 성장이 따라왔다. 나에 대한 원장님의 신뢰는 점점 깊어졌고, 나의 월급은 동기들보다 훨씬 빠른 속도로 오르기 시작했다.

화려함으로 가득한 압구정의 중심에서 가장 낮은 역할을 맡아 화장품 진열대를 닦으며 배운 것은 자신의 가치를 증명하는 방법이었다. 내가 받는 대가보다 더 큰 가치를 제공하겠다는 마음가짐. 이때 배운 마음가짐은 앞으로의 삶에서 그 어떤 기술보다도 큰 도움이 되었다. 100만 원도 안 되는 월급을 받던 막내의 그 단단한 다짐이 지금의 나를 지탱하는 가장 강력한 뿌리가 되었다.

시술 너머 관리의
본질을 깨닫는 법

진정한 아름다움은 한 번의 강력한 손길이 아니라 고객과 함

께 호흡하며 만들어가는 정성 어린 과정에서 완성된다.

압구정 로데오라는 눈부신 무대의 뒤편, 내가 첫발을 내디

딘 그곳은 고급스러움이 흐르는 곳이었다. 고풍스러운 엔틱

가구와 소품, 매주 공간의 표정을 바꾸는 감각적인 꽃 장식,

그리고 전인격적인 케어를 위해 설계된 실용적인 동선에는

고객을 향한 깊은 배려가 배어 있었다. 문을 열자마자 은은

한 아로마 향이 코끝을 스치고 차분하고 정제된 정적이 감도

는 곳. 그곳은 공기마저 달랐다. 모든 말과 행동, 케어의 작

은 동선조차 하나의 오케스트라처럼 정교하게 맞물려야 하

는 곳이었다. 유명 인사들이 문턱이 닳도록 드나드는 그곳에서 나는 에스테틱의 기본은 기술이 아닌 완벽한 배려임을 먼저 배웠다.

낮에는 긴장된 마음으로 어깨 너머 샵의 공기를 살피고, 밤이 되면 선배들과 원장님 곁에서 기술을 연마하는 일에 매진했다. 그렇게 밤 11시를 훌쩍 넘겨야 겨우 마무리되는 고된 일상이 계속되었다. 하지만 전 세계의 이름난 스파를 경험해 본 안목 높은 고객들이 왜 바쁜 시간을 쪼개어 이곳만을 고집하는지 알고 싶었다. 이 샵을 특별한 곳으로 만드는 미묘한 한끗 차이의 비결을 배우고 싶었고, 그 열망이 고된 하루를 버티게 했다.

그렇게 막내로 보낸 시간은 나를 단단하게 성장시켰다. 선배들의 관리가 물 흐르듯 이어질 수 있도록 세심하게 서포트를 하며 기술 연마에 매진했다. 그 결과 하체 관리와 기계 관리만큼은 독보적인 실력을 갖추게 되었다. 점차 전신과 얼굴 관리까지 영역을 넓혀 나만의 전담 고객층을 확보하기에 이

르렀다. 또한 원장님의 내외부 교육 일정에 동행하며 교육 현장 경험을 쌓았고, 새로운 도전을 위해 전 직원이 함께 출전한 세계 뷰티 콘테스트에서 두피 관리 부문 금상을 입상하는 값진 성과를 거두기도 했다. 나는 그렇게 에스테티션으로서의 가능성을 증명해 나가고 있었다.

하지만 이런 성과에도 불구하고 마음 한구석에는 막내라는 울타리를 넘어서고 싶다는 생각이 차오르기 시작했다. 스스로에게 묻는 날들이 잦아졌다.

'나는 지금 어디쯤 와 있는 걸까? 이대로 정말 충분한 걸까?'

익숙해진 환경은 안락했지만, 나는 현실에 안주하는 대신 더 넓은 세상을 향해 발을 내딛고 싶었다. 지금의 내 실력이 거친 세상 밖에서도 통할 수 있을지, 나의 현주소를 객관적으로 확인해 보고 싶다는 열망이 나를 흔들고 있었다. 결국 용기를 내어 원장님께 지금보다 더 넓은 무대에서 나의 실력을 시험해 보고 싶다는 고민을 털어놓았다. 원장님은 기꺼이 나를 보내주셨고, 나는 얼마 후 신부 관리를 전문으로 하는 에스테틱의 팀장으로 자리를 옮겼다.

이직한 지 일주일 만에 팀장이 되었고, 곧 나를 담당자로 지목하는 예약이 줄을 이었다.

"다른 분과는 확실히 달라요."

"어머니도 꼭 모셔 오고 싶어요."

라는 고객들의 긍정적인 피드백을 받을 때마다 안도감이 밀려왔다. 압구정에서 막내로 일하며 온몸으로 배우고자 했던 그 '한끗 차이'가 내 안에 단단히 자리 잡았다는 사실을 증명받는 기분이었다. 그동안의 노력이 헛되지 않았다는 뿌듯한 마음에 신이 나서 최선을 다해 고객을 관리했다.

그러나 기쁨도 잠시, 나는 일반적인 에스테틱 시스템이 가진 한계에 부딪혔다. 그곳은 상담 실장님이 고객과 상담을 한 후, 차트를 작성해 넘겨주면 관리사는 그 차트에 적힌 대로, 정해진 매뉴얼에 맞춰 기계적으로 마사지를 수행하는 구조였다. 예비 신부들은 어깨 라인 하나, 작은 뾰루지 하나에도 절실한 마음으로 나를 찾아왔다. 나는 인생에서 가장 중요한 시기를 맞이하는 그 고객들에게 근본적인 변화를 선물하고 싶었지만, 한 번으로 끝나는 단발적인 케어와 매뉴얼대로 정해진 마사지로 그들의 갈증을 해소하기에는 한계가 있었다.

그때 나는 에스테틱은 단지 화려한 손 기술만으로 완성되는 것이 아니라는 사실을 깨달았다. 진정한 관리는 몇 번의 마사지에서 그치는 것이 아니라 고객의 마음과 온도까지 읽어내는 깊은 신뢰가 바탕이 되어야 했다. 그리고 무엇보다 꾸준히 이어가야 하는 정교한 설계가 필요하다는 것을 알게 되었다. 테크닉을 넘어선 진정한 고객 관리의 필요성을 절실히 느끼던 무렵, 압구정 원장님으로부터 반가운 연락이 왔다.

"충분히 경험했니? 이제 너의 자리로 돌아오렴."

다시 돌아간 그곳에서 나는 이전과는 전혀 다른 기준을 가지고 현장을 바라보게 되었다. 원장님의 관리는 단순한 대화가 아닌 고객의 마음을 여는 방법이었고, 이를 통해 고객의 상태를 정확히 파악한 뒤에는 '진단 〉 개선 〉 안정 〉 유지'라는 단계석 커리큘럼이 기다리고 있었다. 이것은 단발적인 처방이 아닌 회차마다 분명한 목적이 있는 치밀하게 설계된 프로그램이었고, 몸의 상태를 근본부터 회복시키는 장기적이고 지속적인 여정이었다.

나는 이 여정을 통해 에스테티션의 소명을 다시 정리하게 되었다. 진정한 아름다움은 한 번의 강력한 손길이 아니라 고객과 함께 호흡하며 만들어가는 정성 어린 과정에서 완성된다는 사실을 말이다. 매일 같은 질문을 반복하고 고객들이 회복할 방법을 연구하며 보내는 시간 속에서 나의 자신감은 점차 흔들리지 않는 단단한 뿌리를 내리기 시작했다.

더 깊은
손의 언어를 찾아
떠난 유학길

익숙함에 젖어 성장이 멈춘 것은 아닐까 하는 불안함. 안정된 생활을 뒤로하고 떠난 유학길은 일과의 단절이 아니라 더 깊은 연결을 준비하기 위한 도약의 시간이었다.

그렇게 압구정에서 안정적으로 경험을 쌓아가던 어느 날이었다. 원장님께서 나를 조용히 부르셨다.

"내일부터 청담 2호점으로 출근해라."

기대와 놀라움이 동시에 밀려왔다. 2호점 오픈을 준비하신다는 사실은 이미 알고 있었지만 내가 그 중심에서 새로운 샵을 이끌어가게 될 것이라고는 미처 상상하지 못했기 때문이다. 오픈 당일 원장님은 잉크 냄새가 채 가시지 않은 전단지 뭉치를 내게 건네며 말했다.

"주변 사장님들께 인사드리고 샵도 잘 소개해 드려."

이 짧지만 분명한 당부를 남기고, 원장님은 다시 압구정으로 향하셨다.

아무도 없는 새로운 공간인 낯선 청담의 거리에서 설렘보다는 두려움이 먼저 앞섰다. '내가 이곳에서 잘 해낼 수 있을까?' 하지만 곧 마음을 다잡았다. 빳빳한 전단지를 품에 안고 상가의 가게 하나하나를 직접 방문해서 인사를 건네기 시작했다. 낯선 이들과 눈을 맞추며 밝은 미소로 자연스럽게 말을 건네고, 이곳에 어떤 프로그램과 서비스가 있는지에 대해 차분하게 전달했다.

특히 상가 내 학원가 복도는 내가 자주 오가는 나의 주무대였다. 아이들과는 스스럼없이 인사를 나누고, 학부모들에게는 조심스럽게 다가가 짧은 상담을 이어갔다. 한 장 한 장 마음을 담아 건네는 전단지는 청담의 낯선 거리에서 조심스럽게 쌓아가는 나만의 발자취였다. 그 시간은 내가 단순히 '고용된 관리사'에서, 공간 전체를 책임지고 키워나가는 '대표의 시선'을 품은 사람으로 역할을 넓혀가던 소중한 시기였다.

고객들이 서서히 늘어나면서 텅 비어 있던 공간은 조금씩 활기로 채워지기 시작했고, 한 명 한 명 찾아왔던 고객들은 모두 꾸준히 이곳을 찾는 단골손님이 되었다. 나의 진심이 통했다. 그렇게 20대 후반의 나는 상담과 운영까지 경험하면서 기술자에서 전문가로 성장했으며, 생활도 점차 안정적인 궤도에 올랐다. 늘 부족했던 월급은 어느덧 넉넉해졌고, 주말이면 맛집과 공연, 여행을 즐길 만큼 삶에 여유가 생겼다.

그러던 어느 날, 친구와 강남의 화려한 명품 카페에서 한 잔에 2만 원인 고가의 아메리카노를 마시던 나는 문득 이상한 기분에 휩싸였다.

'한 달 6만 원의 여윳돈으로 책을 사며 미래를 꿈꾸던 사회

초년생의 내가 고작 이 커피 한 잔의 사치를 누리기 위해 그 토록 치열하게 달려왔던 걸까.’

평온한 일상 아래로 정체를 알 수 없는 허무함이 고개를 들기 시작했다. 그것은 익숙함에 젖어 성장이 멈춰버린 것이 아닐까 하는 나에 대한 불안감이었다.

‘나의 다음 단계는 무엇일까?’

스스로에게 같은 질문을 반복하는 날들이 길어졌다.

답은 예상치 못한 곳에서 찾아왔다. 6월의 어느 일요일, 예 배를 드리고 친구를 만나기 위해 교회 마당에서 잠시 머물던 참이었다. 마당 곳곳에 모여 정답게 이야기를 나누는 사람들 사이로 유독 내 시선을 붙잡는 풍경이 있었다. 바로 여름 방 학을 맞아 귀국한 유학생들이 오랜만에 만난 친구들과 환하 게 웃으며 대화를 나누는 장면이었다.

평소라면 무심히 지나쳤을 그 모습이 그날따라 내 가슴에 강렬한 파동을 일으켰다. 그 장면은 내가 중학생 시절 막연히 품었던 한 가지 꿈을 떠올리게 했다. 언젠가 더 넓은 세상에서 공부해 보고 싶다는 꿈. 여태까지 잊고 지내던 그 바람은 다음 단계를 고민하던 순간에 강렬하게 되살아났다. 그날 나는 간절히 기도했다. 더 넓은 세상으로 나아가 내 일을 깊이 이해할 기회를 달라고.

결국 나는 안정된 생활을 뒤로하고 유학을 결정하게 되었다. 자리를 잡아가던 딸이 갑자기 외국으로 나가 새로운 공부를 시작한다니, 무모하다고 생각될 만큼 과감한 결정에 부모님도 걱정을 내비치시는 것은 어쩌면 당연한 일이었다. 하지만 더 넓은 세상에서 배우고 싶다는 나의 결심은 흔들리지 않았다. 나의 비전을 구체화한 계획서까지 준비해 부모님을 설득했다. 결국 나의 진심이 닿아 부모님께서는 내 결정을 존중해 주셨고, 그때부터 가장 든든한 버팀목이 되어주셨다.

그렇게 나는 유학의 길에 올랐다. 어학연수를 마친 나는, 다음 여정을 고민하며 혼자만의 여행을 떠나기로 했다. 그렇게 도착한 멜버른 시내에 발을 들인 순간, 나는 묘한 전율을 느꼈다. 퇴근 시간 무렵의 도심은 단정한 옷차림을 한 사람들과 세련된 풍경, 그리고 특유의 여유로움이 어우러져 나를 완전히 사로잡았다.

다음 날 아침, 나는 곧장 유학원을 찾아가 건강과 인체 분야를 깊이 있게 파고들 수 있는 학교에 대해 상담했다. 상담사가 건넨 안내서 속에는 여러 학교에 대한 소개가 적혀 있었고 그곳에 내가 그토록 원하던 모든 답이 들어 있었다. 인체 과학부터 영양학, 심리학, 소셜 커뮤니케이션, 운동 요법까지 공부할 수 있는 '건강 과학(Health Sciences)' 분야는 내가 에스테티션으로서 꿈꿔왔던 통합적 케어의 핵심을 배울 수 있는 전공이었다. 건강 과학을 전공으로 선택한 것은 어쩌면 필연적인 이끌림이었을지도 모른다.

첫 수업 날 느꼈던 긴장감은 지금도 생생하다. 에스테틱 현장에서 손끝으로만 막연히 느껴왔던 경험들이 과학의 이론적인 언어로 차근차근 연결되기 시작했다. 언어의 장벽은 예상보다도 더 높았고, 밤새 과제를 붙잡고 씨름하는 날이 많았다. 하지만 인체에 대한 이해가 차곡차곡 쌓일수록 이 길이 맞다는 판단은 점점 분명해졌다. 공부하는 틈틈이 현지의 한인 에스테틱 샵에서 상담과 시술을 도우며 이민자들의 아픈 몸과 삶을 가까이에서 마주하기도 했다.

화려한 연예인부터 현지의 외국인까지 다양한 사람들의 몸을 어루만지며 나는 이 일이 결국 누구를 향하는지 다시 확인하게 되었다. 공부를 위해 떠난 유학길이었지만 결국 내가 끝내 돌아온 곳은 사람이었다.

현장을 잠시 떠났던 그 기간은 일과의 단절이 아니라, 더 깊은 연결을 준비하기 위한 도약의 시간이었다. 그곳에서 내가 일을 하는 이유와 내 존재의 의미를 더 선명하게 마주했다. 사람을 따뜻하게 이해하고 확실하게 회복시키는 이 길이야말로 내가 평생 걸어가야 할 방향임을 낯선 타국에서 확신하게 되었다.

Turning point란 단순히 직업을 바꾼 사건이 아니라
세상을 대하는 눈이 바뀐 순간이었다.
환경을 성장의 발판으로 전환했을 때
비로소 선명해진 전문가로서의 가치를 당신과 나누고 싶다.

|Overcome

무너진 자리에서 일어설 답을 얻다

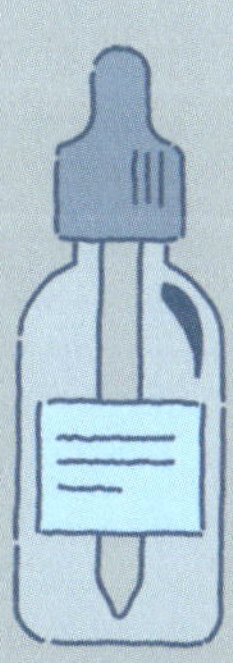

쓰라린 실패 끝에
건져 올린 깨달음

수술 대신 내 몸을 관찰했듯이 실패 앞에서도 사람을 연구하기 시작했다. 찜질방 탕 안에서 마주한 수많은 체형과 근육의 결은 나에게 살아있는 거대한 교과서였다.

대한민국 미용의 중심이었던 압구정. 그곳에 찾아오는 고객들은 완벽한 서비스와 한 치의 오차도 없는 케어를 원했다. 막내인 내가 그 견고한 세계의 틈을 비집고 들어가기란 여간 어려운 일이 아니었다. 샵의 분위기를 해치지 않기 위해 온 신경을 쏟는 것만으로도 벅찬 하루하루였다. 하지만 마음속에서는 보조 역할에 머물지 않고 직접 고객의 몸을 어루만져 치유하는 관리사가 되고 싶다는 꿈이 점점 커져만 갔다.

영업이 종료된 후에는 원장님의 피드백을 바탕으로 선배들과 함께 연습에 매진했다. 늦은 시간까지 연습하고 나면 온몸이 피곤했지만 나에게는 가장 귀하고 값진 투자의 시간이었다. 나의 간절한 노력이 원장님의 마음을 움직였던 것일까, 드디어 나에게도 고객의 몸을 직접 관리할 기회가 찾아왔다. 비록 고객 한 분의 하체 관리를 맡은 것이었지만 처음 고객의 몸을 관리하게 된 그날의 긴장감은 지금도 생생하게 기억난다.

심장은 터질 듯 쿵쿵거렸고 머릿속은 하얀 백지가 되어 연습했던 동작들도 떠오르지 않을 정도였다. 땀이 비 오듯 흘렀지만 어떻게든 첫 관리를 끝냈다. 하지만 현실은 냉정했다. 나의 관리를 받은 고객은 원장님께 차가운 피드백을 남기고 떠났다.

'아직 이 선생님은 준비가 덜 된 것 같아요.'

원장님의 우려 섞인 시선과 내 몫까지 감당하며 피로가 쌓인 선배들 역시 지친 기색이 역력했다. 부족한 내 실력을 다시 끌어올려야 한다는 부담감까지 더해지자 샵 안에는 차가운 정적만이 감돌았다. 그 정적 속에서 나는 나의 부족함을 뼈저리게 마주해야만 했다.

'내가 이 일을 하는 것이 정말 맞을까? 어울리지 않는 옷을 억지로 입으려 애쓰는 건 아닐까?'

지독한 자기 의심과 회의감이 끊임없이 나를 흔들었지만, 그 폭풍 같은 감정 속에서도 나는 어김없이 일요일의 루틴을 지켰다. 복잡한 마음으로 눈물로 예배를 드리고, 서점에 들러 책을 하나 산 뒤 마지막 루틴인 찜질방으로 향했다. 멍하니 탕 안에 앉아 있던 와중, 문득 시선 끝에 세신사 아주머니의 모습이 들어왔다. 세신사 아주머니의 손길은 툭툭 던지는 듯한 무심한 테크닉이었지만 그 손길에는 거침없는 자신감과 근육의 결을 정확히 읽어내는 노련함이 묻어 있었다. 그 투박한 손길을 관찰하던 순간 왠지 모를 용기와 확신이 가슴을 가득 채웠다.

'그래. 자신감을 가지자, 강혜진! 할 수 있어!'

세신사 아주머니의 모습을 통해 자신감을 되찾은 그날부터 찜질방 루틴은 휴식과 더불어 사람을 연구하는 시간이 되었다. 공부하는 마음으로 찜질방을 오가는 수많은 사람의 체형을 관찰했다. 피부 아래로 흐르는 근육의 움직임, 걸음걸이의 미묘한 차이, 구부정한 자세에서 유추할 수 있는 평소의 습관들. 나는 찜질방 사람들의 뒤태를 보며 혼자만의 가상 차트를 머릿속으로 써 내려갔다.

'저분이 손님으로 온다면 어느 근육을 풀어줘야 할까? 저 통증의 원인은 무엇일까?'

궁금한 점이 생기면 책을 뒤져서라도 답을 찾아냈고, 월요일 출근길이면 원장님께 질문을 쏟아냈다. 주말이면 친구를 불러 손의 감각이 예리해질 때까지 연습을 거듭했다.

나의 연구는 샵에서도 계속되었다. 선배들의 테크닉 하나, 자세 하나도 그냥 넘기지 않았다. 찰나의 손목 스냅까지 메

  TOUCH, 생명을 깨우는 손길

모한 뒤 선배들에게 내용을 검사받았다. 그렇게 배움의 깊이를 더하며 실력을 갈고닦던 어느 날이었다. 앳된 얼굴의 초등학교 3학년 아이가 엄마의 손을 꼭 잡고 샵의 문을 열었다. 그 작은 아이가 바로 나의 인생 '첫 전신 관리 고객'이 되었다. 아이의 눈높이에 맞춰 대화를 나누며 그동안 연마한 기술에 확신을 담아 머리끝부터 발끝까지 정성을 다했다. 어머니의 주된 고민이었던 키 성장을 중점에 두되, 아이가 마사지를 불편해하지 않도록 손끝의 압력을 세밀하게 조절하며 세심한 관리를 이어 나갔다.

신체적 케어만큼이나 정서적 교류도 깊었다. 아이의 관심사에 귀를 기울이고 초등학생다운 순수한 고민을 나누는 사이, 아이는 내 손길을 편안하게 받아들였다. 매주 거듭된 관리 덕분에 아이의 발목과 종아리는 눈에 띄게 매끄러워졌고, 곧게 뻗은 다리 라인은 키 성장의 긍정적인 첫걸음이 되었다.

그 작은 성공은 나의 성장의 물꼬를 트는 계기가 되었다. 나는 하루 12명이나 되는 고객들의 하체 관리를 거뜬히 해낼 정도의 하체 전문가로 거듭났고, 나를 지명하는 단골 고객들이 생겨났다. 결국 원장님이 새로운 청담점의 운영을 맡길 수 있는 실장의 자리까지 오른 나는, 훗날 유학을 떠나기 전까지 원장님의 가장 든든한 조력자로 성장했다.

실패를 극복하기 위해 안간힘을 쓰는 나를 믿고 기다려 준 원장님과 선배들의 응원, 그리고 탕 안에서 얻은 그 작은 깨달음이 없었다면 지금의 나는 존재하지 못했을 것이다. 좌절의 경험은 나의 내면을 단단하게 만들었고, 그 시절 찜질방에서 사람들의 몸을 관찰하던 호기심 가득한 시선은 지금 고객들의 삶을 읽어내는 가장 날카롭고 따뜻한 통찰력의 기반이 되었다.

아픔을 치유의
온도로 바꾸는 힘

타인의 몸을 어루만지느라 정작 멍든 내 영혼은 단 한 번도 쓰다듬어 주지 못했다는 사실이 뼈아프게 다가왔다. 나를 먼저 끌어안고 나서야 비로소 타인의 아픔이 보이기 시작했다.

유학을 마치고 돌아온 나는 거침이 없었다. 두려울 것이 없는 인생의 황금기였다. 결혼과 동시에 서초동에 '하임 에스테틱'을 오픈했다. 계약부터 인테리어, 상담과 케어까지 내 손이 직접 닿지 않은 곳이 없는 소중한 공간이었다. 그 당시의 나는 어떤 관리라도 잘 해낼 자신이 있었다. 이런 나의 호언장담처럼 하임 에스테틱은 문을 열자마자 입소문을 탔고 손님들이 끊이지 않았다. 아침부터 밤늦게까지 하루에 10명이 넘는 고객들을 홀로 케어하는 날들이 이어졌다. 처음으로 내 이름을 걸고 오픈한 공간에서 나는 지칠 줄 모르는 엔진처럼 움직였다. 숨 가쁘게 달려온 시간만큼 샵은 빠르게 자리를 잡아갔고 내 열정 또한 식을 줄 몰랐다.

그러던 어느 날, 우리에게 임신이라는 또 다른 선물이 찾아왔다. 오픈한 지 3년 만에 찾아온 임신은 분명 축복이었지만 동시에 꿈을 향해 달려가던 나를 멈추게 만드는 일이었다. 지독한 입덧을 겪으면서 아로마 향 가득한 샵에 발을 들이는 것조차 힘겨워져 갔다. 결국 나는 아쉬움을 뒤로한 채 하임 에스테틱의 문을 닫았다. 하지만 기쁨으로 온전히 아이를 품었던 시간은 오래가지 못했다. 아이의 성별을 채 알기도 전에 이미 우리 곁을 떠났다는 사실을 알게 되었다. 슬픔을 추스를 새도 없이 다시 생명이 찾아오기를 기다렸지만 이어진 것은 또 한 번의 유산이었다.

또 다른 슬픔도 갑작스레 찾아왔다. 새 생명을 간절히 기다리는 동안 나는 가장 소중한 친구의 암 투병 소식을 접했다. 우리는 건강한 식단과 생활을 공유하며 서로에게 위로를 건넸고, 서로의 생명을 붙드는 든든한 버팀목이 되어 주었다. 마침내 내게 새 생명이 찾아왔다. 하지만 아이가 돌이 되던 해에 친구는 우리의 곁을 떠났다. 새로운 생명이 내게로 온 순간, 또 하나의 소중한 생명이 곁을 비우게 된 삶의 역설을 나는 마주해야만 했다. 친구의 죽음에 가슴 한구석이 뻥 뚫린 듯 공허했지만 육아라는 거대한 파도 속에서 나는 그 애도의 마음을 깊이 묻어 두었다.

폭풍 같은 육아의 시간이 흐르고 아이가 유치원에 갈 만큼 자랐을 때였다. 어느 평범한 오후, 아이가 좋아하는 우엉조림을 하려 우엉을 썰고 있던 내 눈에 문득 '나의 손'이 들어왔다. 누군가의 뒤틀린 체형을 바로잡고 성난 피부를 잠재우며 사명을 다해 공부하고 일해오던 그 손. 나의 손을 마주한 그 순간, 억눌러왔던 모든 슬픔과 우울이 터져 나왔다.

그날 이후 나는 몇 달 동안 암막 커튼을 치고 어두운 침실에 누워 지냈다. 이유 없는 눈물이 멈추지 않았다. 두 번의 유산과 친구와의 이별, 나 자신이 사라진 것 같은 육아의 고단함, 그 모든 슬픔이 한꺼번에 몰려와 나를 집어삼켰다. 회복을 말하던 나의 삶이 이토록 처참하게 무너져 내리고 있다는 사실이 두려웠다.

이유 모를 눈물만 흘리며 끝없이 침잠하는 시간을 보내던 어느 새벽, 나는 마침내 내면 깊은 곳에 숨겨두었던 아픈 마음들을 꺼내 놓았다. 소중한 사람을 잃은 슬픔조차 온전히 달래지 못한 채 타인을 위해서 매 순간 성실하게 살아왔지만 정작 내 마음은 외면하던 세월, 덮어두었던 아픔과 지독한 외로움이 한꺼번에 파도처럼 밀려들었다. 타인의 몸을 어루만지느라 정작 멍든 내 영혼은 단 한 번도 쓰다듬어 주지 못했다는 사실이 뼈아프게 다가왔다. 나는 스스로를 끌어안으며 나직이 위로를 건넸다.

'혜진아, 그동안 참 애썼다. 이제 다시 일어나도 괜찮아.'

다음 날, 나는 거짓말처럼 침실에서 나와 다시 일터로 향

    TOUCH, 생명을 깨우는 손길

했다. 기나긴 우울의 터널을 빠져나온 나는 어딘가가 달라져 있었다. 고통의 시간을 통과한 나의 손끝에는 예전에는 없던 공감의 온도가 담겨 있었다. 다시 만난 고객늘은 하나같이 입을 모아 말했다.

"선생님, 예전과 달라요. 단순히 시원한 것을 넘어서 마음이 어루만져지는 기분이에요."
"피부에서 광채가 나는 것뿐만 아니라 제 존재 자체가 응원받는 느낌입니다."

비로소 나는 기술에서 삶에 생명력을 만져주는 터치로 성장했다. 20여 년의 내공에 삶의 통찰이 더해지자 나의 손끝에는 사람의 마음을 어루만지는 따뜻한 위로가 담겼다. 무너졌던 나의 시간이 전혀 헛되지 않았음을 이제는 안다. 그 아픔이 나를 진정한 치유자로 성장시킨 것이다. 나의 손길이 누군가에게 다시 일어설 힘이 된다는 사실은 이제 나의 가장 고귀한 사명이자 살아가는 이유가 되었다.

멈춰버린
시간 속에서 찾은
내 일의 의미

나의 손길(Touch)이 생명력(Haim)으로 피어났으면 하는 바람. 20여 년의 기록 끝에 나의 진심이 운명처럼 이름을 얻었다. 그것이 '투하임(Tou:haim)'의 시작이었다.

출산과 육아를 거치면서 나는 아이에게 집중하고 싶어 나만의 공간인 샵을 다시 시작하는 일을 잠시 뒤로 미루기로 했다. 그동안 파트타임으로 다양한 현장에서 일하며 이전과는 또 다른 경험을 쌓아 나갔다. 아이를 만난 축복과 동시에 깊은 우울의 터널을 마주하기도 했다. 하지만 스스로를 어루만지며 내면의 회복을 위해 노력하기 시작하자 곧 가슴속 깊은 곳에 묻어두었던 꿈이 다시금 되살아났다. 삶의 희로애락을 온몸으로 통과하며 다져진 실력과 타인의 아픔을 깊이 껴안는 마음을 품게 된 나는 다시 앞으로 나아가기로 결심했다. 그렇게 새로운 치유와 회복의 공간인 '엘하임 에스테틱'이 목동에서 다시 문을 열게 되었다.

새로운 보금자리에서 한 명 한 명의 고객에게 집중할수록 눈에 띄는 효과를 보는 고객들이 점점 늘어났다. 삶의 질이 달라졌다고 말하며 환하게 웃는 그들을 볼 때마다 말로 표현할 수 없는 뿌듯함과 동시에 고객들의 필요를 더 완벽하게 채워주고 싶다는 마음이 생겨났다. 그래서 나는 연구와 공부를 멈추지 않았고, 고객들이 무심코 내뱉는 작은 푸념이나 통증의 신호조차 결코 가볍게 흘려듣지 않았다.

우리 샵의 주 고객층은 3050 여성들이다. 결혼을 앞둔 예비 신부의 설렘부터 입시생 자녀를 둔 학부모의 고단함까지, 그들의 이야기는 곧 과거의 내 모습이자 내가 마주할 미래였다. 하루는 사춘기 자녀를 둔 한 고객님이 나에게 깊은 고민을 털어놓았다. 아이의 피부에 여드름과 블랙헤드가 심각한

데 검증되지 않은 화장품을 무분별하게 쓰고, 파운데이션과 컨실러로 결점을 가리기에 급급해 점점 피부가 망가져 간다는 것이었다. 그 이야기를 들은 나는 전문가로서 깊은 생각에 잠겼다.

'내 아이라면, 사춘기라는 예민한 시기에 무엇을 바르게 할 것인가?'

시중에 나와 있는 수많은 화장품과 에스테틱 전용 고급 제품들을 뒤져 보았지만, 아이를 걱정하는 엄마의 마음과 엄격한 전문가의 기준을 동시에 만족시키는 제품은 찾기 어려웠다. 결국 나는 그동안 나의 노하우를 담은 홈 케어 화장품을 만들기로 결심했다. '피부 컨디션에 맞는 홈 케어만 잘하더라도 이렇게 망가진 피부로 비싼 관리를 받지 않아도 될 텐데.'라는 안타까움이 발단이 된 것이다. 단순히 기본 관리에 머무는 것이 아니라 한 단계 업그레이드된 케어로 더 높은 차원의 효과를 드리고 싶다는 바람이 모여 비로소 강혜진의 브랜드 '투하임'이 탄생했다.

수많은 타입의 피부를 진단하고 개선하며 쌓아온 데이터는 내가 가진 가장 큰 자산이었다. 제일 먼저 가장 기본이 되는 클렌징 제품부터 기획에 착수했다. 발품을 팔아 실력 있는 제조사를 찾은 후, 샘플링을 반복하면서 남편과 밤마다 머리를 맞대고 제품의 첫인상이 될 이름을 고민했다. 고민 끝에 피부에 가장 중요한 것은 보습이라는 생각으로 '피부 위의 이슬'이라는 의미를 담아 더마듀(Derma:Dew)라고 이름 지었다. 상표 등록 신청을 마친 후 전문가에게 디자인을 의뢰하였다. 모든 것이 순조롭게 흘러가는 듯했다.

하지만 세상에 손쉽게 탄생하는 것은 없었다. 나의 예민한 손끝을 만족시키기 위해 수십 번의 샘플링을 거듭했고, 브랜드의 철학이 담기지 않은 디자인 결과물을 마주했을 때는 거액의 계약금을 포기하면서까지 디자이너를 교체하는 결단을 내리기도 했다. 최상의 결과물을 위한 집념의 여정 끝에 드디어 내용물과 디자인이 완성되어 화장품 용기 발주만을 남겨둔 시점이었다. 그런데 청천벽력 같은 통지서가 날아왔다.

상표권 문제로 '더마듀'라는 이름을 사용할 수 없게 되었다는 내용이었다. 이미 모든 디자인이 끝나 인쇄를 시작하기 직전인 상황이었기 때문에 그 소식은 더욱 충격적으로 다가왔다. 혼자 에스테틱을 운영하며 틈틈이 제품 개발과 디자인에 쏟아부었던 모든 시간이 물거품이 된 것만 같아 깊은 허탈감이 밀려왔다. 지칠 대로 지친 나는 일단 모든 공정을 중단하기로 했다.

이튿날은 마침 수능 시험이 치러지는 날이어서 그런지 오후 예약이 비어 있었다. 나는 심란한 마음을 뒤로하고 무작정 차를 몰아 원주에 있는 뮤지엄산으로 향했다. 가을의 끝자락, 오후 4시의 박물관에는 적당한 햇살과 고요함이 머물고 있었다. 혼자 그곳을 거닐며 아름다운 건축물과 하늘, 바람과 물이 어우러진 풍경을 가만히 바라보았다.

제임스 터렐의 작품은 마치 액자처럼 빛과 구름의 모양을 담아내고 있었다. 똑같은 하늘이었지만 나의 시선에 따라 찬란한 풍경이 매 순간 다른 모습으로 펼쳐졌다. 노을이 지고 이윽고 별이 반짝이는 밤하늘 아래에 서자, 마음이 편안해지는 기분이 들었다. 창조주가 빚어놓은 거대한 자연의 섭리 안에서 모든 것이 완벽한 하모니를 이루듯, 나의 브랜드 역시 시련을 거치면서 비로소 온전한 조화를 찾게 될 것이라는 확신이 머릿속을 스쳤다.

마음과 생각을 정리한 며칠 뒤, 나는 서울 야경이 내려다보이는 한강의 한 카페에 앉아 20여 년 동안의 에스테틱 관리 일지를 다시금 되새겼다. 내 손길을 거쳐 간 수많은 기록 속에는 언제나 세 종류의 터치가 있었다. 'Body Touch'와 'Skin Touch', 그리고 'Heart Touch'까지. 그 기록을 돌아보자, 서로 다른 삶을 사는 사람들을 나의 손끝으로 회복시키고 싶단 마음, 조화로운 생명력을 갖게 하고 싶다는 나의 근본적인 바람이 선명해졌다. 마치 창조주의 손끝에서 탄생한 자연이 각기 다른 색으로 하모니를 이루고 있는 것처럼 말이다.

그렇게 나의 손길(Touch)이 생명력(Haim)으로 깨어나길 바라는 마음이 모여 '투하임(Tou:haim)' 이라는 이름이 탄생

했다. 나의 진심이 비로소 운명처럼 제 이름을 얻게 된 순간

이었다.

Overcome이란 고통을 견디는 것을 넘어
아픔을 누군가를 살리는 공감의 온도로 바꾸는 과정이다.
나의 시련이 길러낸 회복의 기록이
오늘 길을 잃은 당신의 아픔에 작은 이정표가 되길 바란다.

|Understand

마음을 이해하니 몸이 응답하다

기술보다 앞서는
마음의 터치

진심은 가장 정직한 통로가 된다. 고객의 마음을 이해하고 정성스레 그들의 마음까지 어루만지는 진심이 닿을 때 비로소 진정한 치유가 시작된다.

단골 미용실에 염색하러 간 날이었다. 평소와는 다른 스태프 한 분께서 샴푸와 드라이를 담당해 주셨다. 겨울바람에 머리끝이 심하게 엉켜 있어 샴푸하기가 여간 까다로운 게 아니었을 텐데 그분은 당황하는 기색 없이 조용히 손끝으로 엉킨 매듭을 하나하나 풀어내며 나를 안내했다. 그 짧은 터치 속에는 설명하기 힘든 진심과 배려가 담겨있었다.

자리에 앉자마자 나도 모르게 디자이너 선생님께 스태프 분에 대한 칭찬을 건넸다. "저 선생님의 손길이 참 섬세하시네요." 그러자 디자이너 선생님은 기다렸다는 듯 대답했다. "안 그래도 다른 손님들이 똑같은 말씀을 하세요. 그래서 다음 달부터 바로 원장님 전담 스태프로 승진하신답니다."

그 말을 듣는 순간에 가슴 한구석이 찌릿했다. 오래 전의 고객을 대하던 나의 모습이 떠올랐기 때문이다.

20년 전 압구정, 누구보다 일찍 샵의 문을 열고 공기를 정화하는 것으로 나의 하루는 시작되었다. 예약 손님의 신발을 가지런히 정돈하고 가장 마시기 좋은 온도의 차를 준비하며, 선배들의 관리가 자연스럽게 이어지도록 도왔다. 누군가에게는 허드렛일처럼 보였을지 모르지만 샵 전체를 부지런히 누비던 나는 고객들이 샵에 머무는 모든 순간이 편안하기만을 바랐다.

그런 나의 마음이 손끝이라는 통로를 통해 고객의 마음에 닿았던 것일까. 감사하게도 유독 나를 존중해 주시는 분들이 많았다. 관리 한 번에 수십만 원을 지불하는 프리미엄 샵을 찾는 고객님들이었지만 그들은 기꺼이 자신의 몸을 맡기며 "실력을 쌓아야 하니 배운 대로 마음껏 마사지해 보세요."라며 응원해 주셨다. 관리가 끝난 뒤에는 일련번호가 정갈하게 맞춰진 빳빳한 신권이 든 봉투를 팁으로 건네며 "선생님, 감사합니다."라고 정중히 인사해 주시던 고객님도 있었다.

당시에는 내가 특별한 대우를 받는 것이 그저 고객님들의 높은 인품 덕분이라 생각했다. 하지만 20년의 세월이 흘러 미용실 스태프 선생님의 터치를 경험하니 비로소 깨달았다. 청결한 공간을 위해 화장품 진열대를 꼼꼼히 닦던 정성과 바디 관리하는 그 짧은 순간에도 고객의 평안을 바랐던 진심이, 미숙했던 나의 기술을 든든하게 메워주고 있었음을 말이다.

그 당시 나는 홀로 서울살이를 시작한 사회 초년생으로 익숙하지 않은 일을 하나씩 배워나가는 서툴렀던 청춘이었다. 어느 주일 아침, 일찍 교회에 도착해 두 손을 모으고 이런 기도를 드렸다.

"주님, 이 두 손에 기술을 허락하여 주시고, 앞으로도 수많은 사람을 회복시키는 손이 되게 하여 주세요."

단순히 기술을 익힌 손보다 '회복시키는 손'이 되게 해달라던 그 기도는 며칠 뒤 믿기지 않는 피드백으로 돌아왔다. 한 단골 고객님이 실장님이 아닌 나에게 관리받겠다고 뜻을 밝히신 것이다. 의아해하는 내게 고객님은 조용히 다가와 말씀하셨다.

"물론 실장님께서 훨씬 잘하지만 선생님께 관리를 받으면 내 마음이 참 편안해져요."

진심은 가장 정직한 통로가 된다. 그날 이후, 나는 에스테틱에서 피부의 겉면을 매끄럽게 만드는 기술보다 중요한 것이 있다는 사실을 알게 되었다. 고객의 마음을 이해하고 정성스레 그들의 마음까지 어루만지는 진심이 닿을 때 비로소 진정한 치유가 시작된다는 진심의 힘을 말이다. 20년 전의 그 기도처럼 나의 손끝은 오늘도 한 분 한 분의 고객님을 향한 평안과 사랑을 전하는 통로가 되었다.

상처 입은 피부를
진심으로 어루만지다

고객의 고통을 내 것처럼 느끼고 그것을 회복시키려 애쓰는
마음이 닿을 때, 신뢰는 오랜 시간의 공백마저 이겨내는 힘을
가지게 된다.

엘하임 에스테틱의 문을 다시 열었던 날, 카카오톡 프로필
사진을 정성껏 단장한 샵 내부의 모습으로 바꾸었다. 그저
재시작을 알리는 작은 신호탄이었을 뿐인데 그날 이후 내 휴
대폰으로 생각지도 못했던 메시지들이 쏟아졌다.

"원장님, 드디어 다시 오픈하시는 거예요? 얼마나 기다렸
는지 몰라요!"

서초동 하임 에스테틱 시절 고객님들의 연락이었다. 6년, 아니 7년이라는 긴 시간이 흘렀음에도 나를 잊지 않고 저장해둔 채 내 소식을 기다려준 분들이었다. 강남 한복판에는 하루에도 수십 개의 에스테틱이 생겨나고 또 사라진다. 화려한 인테리어와 최첨단 기기로 무장한 곳들이 즐비한데 왜 그분들은 그렇게 오래도록 나라는 사람을 기억해 준 것일까? 뭉클한 전율과 함께 말로 설명하기 힘든 책임감이 뜨겁게 차올랐다.

그 수많은 얼굴 중에서도 유독 선명하게 떠오르는 한 분이 있다. 자녀들과 함께 미국에서 건너와 한 달 동안 한국에 머무셨던 고객님이다. 유난히 무더웠던 그해 여름이었다. 우연히 샵 앞을 지나가다 마주친 한 번의 인연이 한 달간의 매일 같은 만남으로 이어졌다.

오랜 기간을 해외에서 생활한 그분이 고국의 시원한 바디 관리와 맑고 깨끗한 피부 관리를 얼마나 그리워하는지 나는 누구보다 잘 알고 있었다. 나 역시 호주 유학 시절 낯선 땅에서 지독한 외로움과 고단함을 견뎌냈었기에 누구보다 그 마음을 깊게 이해하며 그분의 마음에 한층 더 깊이 다가갈 수 있었다. 타지에서 공부하며 힘든 시간을 버텼던 나의 경험은 고객님과 나 사이에 단단한 공감대를 마련해 주었고, 고객님은 마치 오래된 친구를 만난 듯 마음의 문을 활짝 열어주셨다.

등 관리를 끝내고 하체 관리로 넘어가려던 순간이었다. 고객님께서 몹시 미안해하는 목소리로 조심스럽게 입을 떼셨다.

"원장님, 제가 면역력이 떨어지면서 종아리에 건선이 심하게 생겼어요. 보기에 조금 불편하실 수 있는데 괜찮으시겠어요?"

그 질문을 듣는 순간 가슴 한쪽이 아릿했다. 나에게 몸을 맡기는 일이 그분에게는 혹여나 상처를 드러내는 부끄러움이 되지는 않았을까 하는 걱정 때문이었다. 나는 단 한 순간도 고객의 몸 상태를 보며 거부감을 느껴본 적이 없다. 오히려 그 아픈 자리를 나에게 기꺼이 내어준다는 사실이 무척 감사할 뿐이었다.

나는 전혀 당황하지 않고 평온한 손길로 하체 관리를 시작
했다. 그분의 건조한 종아리를 만지자 과거 압구정 시절 전
신 아토피로 고통받던 한 고객님이 떠올랐다. 젊은 나이에
사업으로 큰 성공을 거두었지만 스트레스로 인해 온몸이 가
려워 일상을 잃어버렸던 분이었다. 이런 피부 질환은 단순히
약을 먹고 연고를 바른다고 해서 단기간에 해결되지 않는다.
보습, 식습관, 수면, 그리고 무엇보다 마음의 평안이 톱니바
퀴처럼 맞물려야 회복된다는 사실을 나는 너무나 잘 알고 있
었다.

'건조한 미국 땅에서 이 가려움과 갈라짐을 견디느라 얼마
나 고단하셨을까.'

오직 그분의 고통을 조금이라도 덜어드리고 싶다는 마음
으로 손끝까지 정성을 담았다. 보습에 탁월한 로션과 아로마
와 고농축 크림을 단계별로 겹겹이 쌓아 올렸다. 어떤 성분
이 그분에게 최적의 답이 될지 몰라 홈 케어용 보습제를 따
로 챙겨드리고, 예전에 적어 놓았던 아토피 고객의 임상 노

트를 복기하며 화장품 회사에 조언을 구하기도 했다. 그것은 단순한 서비스라기보다는 한 사람의 무너진 마음과 일상이 회복되기를 바라는 간절한 기도에 가까웠다.

한 달의 시간이 흘러 관리의 마지막 날이었다. 나는 내가 가진 모든 진심을 손끝에 모아 정성스러운 케어를 했고, 그렇게 마지막 인사를 건넸다. 관리실을 나서 복도 끝에서 서로의 모습이 보이지 않을 때까지 고개 숙여 인사를 주고받았다. 문득 뒤돌아본 그분의 눈가에는 맑은 눈물이 고여 있었고, 나 역시 형용할 수 없는 감사와 애틋함이 가슴을 가득 메워 와 눈시울이 뜨거워졌다.

그날의 장면은 십수 년이 지난 지금도 내 기억 속에 각인되어 있다. 나를 바라보시던 따뜻한 눈빛과 가슴 깊이 전해진 진심, 그것은 고객과 관리사라는 관계를 넘어선 사람과 사람 사이에서 일어나는 깊은 회복의 순간이었다.

그 후로 13년이 흘렀다. 그분은 여전히 한국에 올 때마다 귀중한 시간을 쪼개어 목동까지 찾아 오셔서 나에게 관리를 받으신다.

"다른 곳에 가면 제 건선을 보고 불편해하는 게 느껴지는데 원장님은 어떻게든 낫게 해주려는 그 진심이 손끝에서 느껴져 감동했어요. 남에게는 쉽게 내어주지 못하는 내 몸을 선생님에게는 가장 편안하게 맡기게 되어요."

그 말 한마디면 충분했다. 고객의 고통을 내 것처럼 느끼고 그것을 회복시키려 애쓰는 마음이 닿을 때 신뢰는 오랜 시간의 공백마저 이겨내는 힘을 가지게 된다. 미국과 한국이라는 물리적 거리를 넘어, 우리는 서로의 삶을 응원하는 가장 든든한 동반자가 되었다. 그렇게 나의 터치는 단순한 미용을 넘어 '생명의 회복'으로 나아가고 있었다.

통증을 이해하니
열리는 마음의 빗장

다른 이들이 느꼈던 그녀의 '예민함'은 사실 몸이 보내는 비명이었다. '이 몸으로 버티시느라 얼마나 힘드셨어요'라는 한마디에 철옹성 같던 고객의 몸이 비로소 긴장을 풀기 시작했다.

오랜 시간 수많은 사람의 몸을 일대일로 마주하다 보면 어느 순간 백 마디 말보다 정직한 '몸의 언어'가 보이기 시작한다. 수많은 몸을 만지며 축적된 근육의 결이나 피부의 미세한 온도는 내게 단순한 정보 그 이상이었다. 그것은 한 사람의 내면과 삶의 궤적을 투영하는 거울이었고, 나는 그 속에서 기질과 태도까지 간파하는 깊은 안목을 얻었다.

20대의 이른 나이에도 누구의 도움 없이 자신 있게 고객을 관리할 정도로 성장할 수 있었던 비결은 바로 '몸을 읽는 손'에 있었다.

서초동 하임 에스테틱의 문을 닫고 자존감이 무너져 있던 시기, 나는 도망치는 대신 현장으로 돌아가기로 결심했다. 여러 샵에서 파트타임으로 일하며 잠들어 있던 손의 감각을 다시 일깨우기 시작했다. 공들여 갈고닦은 실력은 장소를 가리지 않고 빛을 냈다. 내가 담당한 고객들은 금세 마음을 열고 신뢰를 보내주었고, 이는 회원 등록으로 이어졌다. 원장님들 역시 내가 그곳에 계속 머물러 주기를 바랐다.

주기적으로 출근하던 한 샵에서의 일화가 특히 기억에 남는다. 그곳에는 유독 까다로운 성격 탓에 모든 선생님들이 관리를 꺼리는 고객님이 있었다. 내가 담당을 맡게 되자 예상대로 잦은 관리사 변경에 대한 불만으로 날이 선 예민함이 관리실을 가득 채우고 있었다. 나는 당황하지 않고 정중한 목소리로 인사를 건네며 차분하게 관리를 시작했다. 타월을 덮고 손끝의 감각을 통해 부드럽게 그녀의 몸 상태를 세밀하게 촉진해 나갔다.

손끝에 닿는 몸의 상태는 안타까움이 앞설 정도였다. 승모근에서 두피까지 이어진 근육은 잔뜩 긴장해 유연함을 잃어 있었고, 전신의 흐름 또한 원활하지 못해 정체된 느낌이었다. 측만이 있는 일자 허리는 쉼 없이 몸을 지탱하느라 경직된 채였으며, 복부는 장 연동운동이 느려 순환이 원활하지 않은 상태였다. 다리는 부종으로 인해 무거워 보였고, 발끝은 수족냉증으로 온기가 닿지 않아 얼음장처럼 차가웠다.

이 정도로 몸이 긴장한 상태라면 매일 아침마다 심한 두통을 느끼고 위장 장애를 달고 살았을 것이 분명했다. 다른 이들이 느꼈던 그녀의 '예민함'은 사실 몸이 보내는 비명이었던 셈이다. 예민해서 몸이 경직된 것인지 몸이 아파서 예민해진 것인지 선후를 따지는 것은 이미 무의미했다. 중요한 것은 '몸이 편해지면 마음도 편해진다.'라는 분명한 사실이었다. 나는 몸을 보고 고객을 판단하는 사람이 아니라, 고통을 덜어주러 온 사람이라는 사실을 마음에 새기며 조심스레 깊은 진심을 담아 일을 열었다.

"그동안 이 몸으로 버티시느라 얼마나 아프고 힘드셨어요."

상태를 진단하거나 평가하려는 것이 아니었다. 오직 위로와 공감을 담은 그 한마디에 고객님의 호흡이 미세하게 떨렸다. 나는 손끝으로 읽어낸 통증의 지점들을 하나하나 짚어나갔다. 신체 상태를 나열하기보다 그렇게 애쓰며 살아온 삶의 수고를 인정해 드리고 싶은 마음뿐이었다. 그러자 철옹성 같던 고객님의 몸이 서서히 무장 해제되듯 긴장을 풀기 시작했고, 비로소 지친 몸을 내게 온전히 맡겨주었다.

나는 근육 하나하나를 정성껏 달래듯 풀어갔다. 첫 관리가 끝나자 고객님은 두말없이 다회권을 등록했다. 그날 이후 그분은 오직 나만이 자신의 몸을 관리해 주기를 원했다. 관리가 거듭될수록 림프 순환이 원활해지면서 부종이 빠졌고, 만성 소화불량도 눈에 띄게 좋아졌다.

둘 사이에 쌓인 친밀감이 깊어질 무렵, 고객님은 그동안 아무에게도 말하지 못했던 과거의 아픔을 하나씩 꺼내놓기 시작하셨다. 손끝에 실린 진심이 고객님의 마음속 빗장까지 풀어버린 것이었을까. 상처받은 내면을 들키지 않으려 고군분투하며 살아왔던 고단한 세월이 내 손바닥을 타고 고스란히 전해졌다. 나에게 솔직한 마음을 터놓을 만큼 평온해지셨다는 사실에 가슴 한구석이 뭉클해졌다.

얼마 지나지 않아 통증 없는 일상을 되찾은 고객님의 표정은 이전보다 훨씬 밝아지셨다. 예민하고 날카로웠던 첫인상이 기억나지 않을 정도로 얼굴은 환하게 빛났다. 몇 개월 뒤, 나의 임신으로 더 이상 그곳에서 일할 수 없게 되어 비록 소식은 끊겼지만, 지금도 이따금 그 고객님을 떠올리곤 한다. 이제는 굳은 몸과 마음을 다 풀고 어디서든 편안하게 웃으며 지내시기를 진심으로 바라본다.

우리는 흔히 '이해(Understand)'란 머리로 하는 것으로 생각하지만, 에스테티션에게 이해란 타인의 고통 '아래에 서서

(Under-Stand)' 그 무게를 함께 느껴보는 것이다. 몸을 읽는 다는 것은 곧 삶을 읽는 일이며, 그 삶을 위로하는 손길이 닿을 때 비로소 진정한 치유의 기적이 시작된다.

난임의 간절한 기다림에
온기로 답하다

거울 속 내 얼굴이 마음에 들지 않는다는 고백은 마음 어딘가가 텅 비어버린 이들이 내뱉는 말임을 직감했다. 나 또한 그 막막한 세월을 겪었기에 전문가가 아닌 한 여자로서 고객님에게 진심 어린 위로를 건넸다.

어느 날, 네이버를 통해 얼굴 윤곽 관리를 예약한 한 고객님이 샵을 찾았다. 그녀는 고운 피부결과 부드럽고 단정한 얼굴형을 가진, 첫눈에 봐도 이미 충분히 아름다운 분이었다. 나는 당연히 결혼이나 중요한 인터뷰 같은 특별한 이벤트를 앞두고 있을 거라 짐작했다. 하지만 상담을 시작하며 건넨 나의 물음에 고객님은 전혀 뜻밖의 대답을 내놓았다.

"특별한 일은 없어요. 그런데 요즘 거울을 보면 얼굴이 너무 마음에 들지 않아서요. 예뻐지면 기분이 좀 나아질까 해서 무작정 찾아왔어요."

거울 속의 내 얼굴이 마음에 들지 않는다는 그 짧은 고백에 내 가슴 한구석은 이내 묵직해졌고 안타까움이 밀려왔다. 그것은 단순히 외모에 대한 불만이 아닌 마음 어딘가가 텅 비어버린 이들이 무심코 내뱉게 되는 말이라는 것을 직감했기 때문이다. 나는 그날, 손끝에 단순히 기술만이 아닌 응원의 마음을 담기로 했다. 고객님이 미처 발견하지 못한 스스로의 아름다움을 다시 마주할 수 있기를. 간절히 바라는 마음에 차분히 클렌징을 시작했다. 피부결을 정돈하기 위한 팩을 올리고, 잔뜩 굳어 있는 목과 어깨를 풀어주는 데콜테 마사지를 하며 닫혀있는 마음의 문을 조심스럽게 두드렸다.

어떤 아픔을 겪고 있는지 묻는 것은 섣부른 일이라 생각했다. 나는 그저 담담히 나의 이야기를 먼저 꺼내 놓았다. 전문가로서가 아닌 한 여자로서 겪었던 삶의 굴곡들을 솔직하게 전했다. 그러자 고객님의 팽팽했던 긴장이 조금씩 풀리는 것이 느껴졌다. 이내 고객님은 참아왔던 속마음을 이야기했다. 간절히 아이를 기다리며 임신을 준비하고 있지만 뜻대로 되지 않는 현실 속에서 마음만 끝없이 가라앉고 있었다는 것이다. 우울한 기분을 털어내려 네일 아트도 받고 피부 관리도 받아보았지만, 거울 속에는 여전히 지치고 초라한 자신만 서 있었다는 고백이었다.

그제야 모든 것이 이해되었다. 나 역시 두 번의 유산과 수년간의 간절한 기다림 속에서 마치 롤러코스터를 타듯 무너져 내렸던 시간을 겪지 않았던가. 답답한 마음에 악기를 배워보기도 하고, 억지로 일을 늘려보기도 하며 목적지 없이 드라이브하던 그 막막한 세월들. 그 마음을 누구보다 잘 알기에 나는 고객님의 손을 잡고 진심 어린 위로를 건넸다.

윤곽 관리가 끝나고 마무리 팩을 올려둔 뒤 곳곳을 지압하며 그녀의 몸을 살폈다. 몸의 순환은 생각보다 심각했다. 온몸의 근육이 비명이라도 지르듯 뻣뻣하게 긴장되어 있었다.

본인도 모르는 사이 스트레스가 온몸을 옥죄고 있었던 것이다. 많은 임상 사례를 지켜보고 나 역시 임신의 기쁨과 유산의 아픔을 모두 겪어 보았지만, 새 생명을 맞이하는 일은 여전히 인간의 영역을 넘어선 신비로운 일이다. 하시만 우리가 할 수 있는 일은 분명히 있다. 의학적 도움을 받는 것만큼 중요한 것은 아이를 품어야 할 엄마의 몸과 마음을 건강하고 비옥하게 만드는 일이다.

나는 조심스럽지만 단호한 말투로 고객님께 제안을 건넸다.

"오늘은 얼굴 관리를 받으셨지만 다음부터는 저에게 10회만 바디 관리를 맡겨보시는 건 어떠세요? 지금 몸이 너무 긴장된 상태라 혈액 순환이 잘 안 되고 있어요. 손발과 복부가 이렇게 차가우면 생명이 머물기 어렵거든요. 제가 기도하는 마음으로 10회 동안 최선을 다해볼게요."

고객님은 나의 진심 어린 제안을 믿어주었고, 그날부터 우리는 새로운 생명을 맞이하기 위한 여정을 시작했다. 나는 고객님의 바디 컨디션을 세밀하게 체크하며 순환계를 정상으로 돌리기 위한 맞춤 프로그램을 짰다. 관리를 하는 시간은 근육을 만지는 일 이상의 의미가 있었다. 내가 임신을 준비하며 겪었던 몸과 마음의 변화를 공유하고, 긍정적인 생각과 건강한 생활 습관에 대한 조언을 나누며 고객님의 무너진 자존감을 일으켜 세우려 노력했다. 그것은 그녀와 내가 함께 걷는 시간이었다. 고객님은 나의 진심을 전적으로 신뢰하며 적극적으로 따라주었다.

8회 차 관리를 앞둔 어느 날 아침, 가슴 벅찬 연락이 도착했다. 마침내 임신에 성공했다는 기적 같은 소식이었다. 우울한 마음에 얼굴 라인을 정리하기 위해 샵을 찾았던 고객님이 임신 실패라는 좌절을 딛고 한 생명의 어머니가 되기까지 함께한 그 여정. 그 기적은 아이를 품으려는 한 여자의 몸과 마음을 내 일처럼 깊이 이해하려 했던 진심에서 비롯된 결실이었다.

그렇게 기다리던 아이는 온 세상의 축복 속에 태어났고, 어느덧 첫돌을 지나 건강하게 자라고 있다. 여전히 나를 찾아와 산후 관리를 받는 고객님을 보며 다시금 깨닫게 된다. 에스테티션의 진정한 역할은 겉모습을 가꾸는 것만이 아니라 상대를 깊이 이해함으로써 그 삶에 생명력을 불어넣는 '치유의 통로'가 되어주는 것임을 말이다.

Understand란 피부의 상태를 파악하는 그 순간 너머,
숨겨진 당신의 진심에 가 닿는 일이다.
굳게 닫힌 마음의 빗장을 열고 신호에 귀를 기울일 때
당신의 몸은 비로소 건강한 응답을 시작할 것이다.

|Care & cure

근본을 케어하니 치유가 시작되다

굳어버린 어깨에서
해방되는 근본 원리

어깨 통증은 단순히 팔을 못 쓰는 문제로 끝나지 않는다. 일상의 에너지를 앗아가는 그 장벽 같은 고통을 마주하며 나는 속으로 다짐했다. 이 어깨를 짓누르는 무거운 '겨울'을 걷어내 드리겠다고.

어느 날, 20대 단골 고객님께 한 통의 연락이 왔다. 업무가 너무 바빠 관리받으러 가기가 힘든 상황이라 어머니가 대신 방문해도 되겠냐는 부탁이었다. 흔쾌히 알겠다고 답한 나는 별다른 정보 없이 어머님을 맞이했고, 가벼운 인사를 건네며 아이스 브레이크 시간을 가졌다.

목부터 엉덩이까지 손끝으로 훑으며 등 근육의 경직도와 체형의 불균형을 점검했다. 마사지의 압을 세심하게 조절하며 어깨 쪽으로 손을 옮기는 순간, 내 손끝에는 겹겹이 쌓여 단단하게 뭉쳐진 근육이 느껴졌다. 고객님은 오십견으로 인한 만성적인 통증에 시달리고 있었다. 견갑골은 바깥으로 빠져 있었고, 팔은 들어 올리는 것은 물론 뒤로 제치는 것조차 거의 불가능해 보였다.

"코로나 시기에 증상이 심해졌는데 병원 진료를 보기도 어렵고, 다른 마사지를 받아도 차도가 없어 한동안 어떤 치료나 관리도 하지 못했어요. 그사이에 어깨가 완전히 굳어버렸네요."

고객님의 목소리에는 자포자기한 듯한 한숨이 섞여 있었다. 어깨 통증은 단순히 팔을 못 쓰는 문제로 끝나지 않는다. 어깨가 불편하면 일상의 모든 에너지 활동이 급격히 저하된다. 통증 때문에 움직임이 줄어드니 근육은 소실되고, 지방이 그 자리를 채우며 점점 살이 찐다. 늘어난 체중은 무릎에

하중을 싣게 되어 또 다른 통증을 유발시킨다.

"원장님, 이제 예뻐지는 건 바라지도 않아요. 그저 아프지 않고 살았으면 좋겠어요."

고객님의 간절한 호소에 내 마음까지도 아파졌다. 어깨를 만져만 봐도 그동안 얼마나 고통스러우셨을지 고스란히 느껴졌기에, 나는 속으로 다짐했다. 이 어깨를 짓누르는 무거운 '겨울'을 걷어내 드리겠다고.

첫 관리는 매우 조심스럽게 진행되었다. 오십견 환자의 몸에 강한 압력을 주거나 무리한 스트레칭을 하면 오히려 염증을 악화시키는 독이 되기 때문이었다. 가장 먼저 혈액 순환과 통증 완화에 탁월한 아로마 오일을 선택해 아주 부드러운 터치로 관리를 시작했다. 승모근, 회전근개, 견갑거근 등 어깨를 옥죄고 있는 주변 근육들을 하나씩 달래듯 풀어 나갔다.

사실, 고객님은 첫 관리를 받는 동안 내심 아쉬운 마음이

드셨다고 한다. 그동안 받아왔던 스포츠 마사지처럼 강한 압력이 느껴지지도, 즉각적인 시원함이 전해지지도 않았기 때문이다. 하지만 그것은 겉근육을 강하게 누르는 방식이 아니라, 통증의 뿌리를 찾아 깊은 곳부터 부드럽게 풀어내려는 나의 세심한 접근이었다. 나의 풀이 방식은 그날 밤부터 힘을 발휘하기 시작했다. 잠자리를 뒤척이게 하던 묵직한 통증이 점차 가라앉고 몸이 가벼워지는 경험을 하신 것이다. '한 번 더 가볼까?' 하는 마음으로 다시 샵을 방문하신 고객님을 보며 나는 비로소 본격적인 '치유 플랜'을 시작했다.

나의 치유 플랜은 단순히 어깨만 만지는 것이 아니었다. 등 전체의 혈액 순환을 돕기 위해 기립근과 요근, 림프 순환로를 먼저 확보했다. 그리고 단단하게 뭉친 삼각근의 시작부를 섬세하게 찾아내어 이완시켰다. 특히 어깨는 뒤쪽만 관리해서는 안 되는 부위이다. 앞으로 누워 소흉근과 대흉근까지 풀어주어야 한다. 그래야지만 말린 어깨가 펴지고 어깨를 감싸고 있는 근육들이 제 자리를 찾기 때문이다.

5회 차가 지나자, 어깨의 가동 범위가 눈에 띄게 넓어졌고 굳어 있던 팔이 서서히 올라가기 시작했다. 8회 차가 되던 날 고객님은 상기된 얼굴로 내게 말씀하셨다.

"원장님, 팔이 뒤로 돌아가지 않아서 속옷 입을 때마다 눈물이 났거든요. 그런데 이제 편하게 속옷을 입을 수 있어요."

관리는 계속되었다. 림프 순환 관리를 병행하자 아침마다 퉁퉁 붓던 얼굴의 부종이 싹 사라졌고, 15회 차 이후에는 체중이 감량되는 효과와 더불어 옷 사이즈가 줄어드는 외적인 변화까지 찾아왔다. 하지만 가장 놀라운 것은 병원에서 들려온 소식이었다. 정기 검진을 다녀오신 고객님의 당화혈색소 수치가 현저하게 떨어졌다는 믿기 힘든 결과를 듣게 된 것이다. 별다른 약을 추가하거나 식단을 바꾼 것도 아닌데, 순전히 관리의 효과인 것 같다며 고객님은 기뻐하셨다.

회복의 원리는 명확했다. 세심한 손길을 거쳐 근육이 이완되고 혈류량이 점점 증가하자 림프와 혈액 순환이 건강한 상태를 되찾은 것이다. 자율신경이 안정화되고 체내 염증 수치가 감소하니 활동량은 자연스럽게 늘어났고, 이 변화가 곧 인슐린 민감도 개선과 혈당 조절로 이어졌다. 나의 손끝에서 시작된 관리가 몸의 시스템 전체를 회복시키는 '토탈 케어'가 되었던 것이다.

이제 고객님은 어깨와 무릎을 짓누르던 통증 탓에 내디뎠던 무거운 발걸음 대신, 환한 미소를 머금은 채 가뿐한 발걸음으로 샵을 찾으신다. 그 뒷모습 어디에서도 예전의 시름은 찾아볼 수 없다.

"얼굴 부기도 빠지고 옷태도 살아났지만 무엇보다 안 아프니까 정말 살 것 같아요."

이렇게 말씀하시며 가벼운 발걸음으로 샵을 나서는 그녀의 뒷모습에 나도 덩달아 미소 짓게 되었다. 며칠 뒤, 핸드폰을 확인하니 따님에게서 메시지가 도착해 있었다.

"원장님, 엄마가 안 아프다고 하시니까 집안 분위기가 달라졌어요. 저도 너무 행복해요."

그 한 통의 메시지는 내게 나지막이 속삭이고 있었다. 누군가의 통증을 멈추고 회복시키는 일은 단순히 한 개인의 고통을 덜어주는 것을 넘어, 그를 둘러싼 삶 전체를 다시 세우는 숭고한 가치가 있다는 사실을 말이다. 22년 내공이 담긴 나의 손끝이, 누군가에게는 일상의 평안함을 선사하는 손이라는 사실에 오늘도 깊이 감사한다.

망가진 밸런스를 채우고
비만을 비워라

비만 관리는 단순히 굶거나 움직이는 산술적인 문제가 아니다. 차갑게 식어버린 몸에 온기를 불어넣고 막힌 순환로를 열어 몸 스스로 독소를 내뱉게 할 때 비로소 진정한 비우기가 시작된다.

어느 날 저녁, 조심스러움이 가득한 온라인 상담 메시지 하나가 도착했다.

"저는 초고도 비만입니다. 저 같은 몸도 관리받을 수 있을까요?"

모니터 너머로 망설임과 위축된 마음이 고스란히 전해졌다. 나는 망설임 없이 "물론입니다. 언제든 오세요."라고 답장을 보냈다. 130kg이 넘는 고객도 관리해 본 풍부한 경험이 있었기 때문이었다. 예약 당일, 문을 열고 들어선 고객님의 눈빛에는 기대와 함께 숨길 수 없는 긴장감이 감돌았다. 아마도 이전의 다른 곳에서 자신의 몸을 다루기 힘들어하는 기색을 마주했거나, 부정적인 시선을 받아내야 했던 깊은 상처의 경험이 있으셨던 모양이다.

하지만 내 눈에 비친 그녀는 초고도 비만이라는 단어로는 가릴 수 없는 너무나 아름다운 체형과 맑은 에너지를 가진 분이었다. 타인의 시선에 위축될 이유가 전혀 없는 본연의 빛을 간직한 원석과도 같았다. 그녀에게 타고난 강건함은 축복이 아닌 굴레였다. 튼튼한 골격 탓에 늘 '뚱뚱하다'는 편견 어린 시선 속에 갇혀 살았다고 했다. 시도해 보지 않은 다이어트 방법이 없고, 먹어보지 않은 다이어트 보조제가 없을 정도로 처절하게 노력했지만 그녀에게 돌아온 것은 가혹한 요요와 타인의 차가운 시선뿐이었다.

사람들의 머릿속에 자신의 이미지가 '비만'으로 굳어져 있다는 사실이 자존감을 갉아먹으며 고객님을 괴롭히고 있었다. 나는 내가 선사하는 관리가 그저 지방을 걷어내는 싸움에 그치지 않기를 바랐다. 그것은 고객님이 오랜 시간 잃어버렸던 스스로에 대한 확신과 자신감을 되찾아가는 치유의 여정이어야 했다. 나는 그런 마음을 손끝에 실어, 고객님의 바디를 한결 더 세심하게 관리했다.

비만 관리는 단순히 굶거나 격렬하게 움직인다고 해결되는 산술적인 문제가 아니다. 특히 100kg이 넘는 체중의 몸이라면 운동이 오히려 독이 될 수 있다. 무릎과 발목, 그리고 고관절에 실리는 엄청난 하중은 쉽게 부상을 초래하고 갑작스러운 고강도 운동은 심장에 무리를 주기 때문이다. 나는 고객님에게 '채우기'보다 '비우기'와 '순환'을 해결책으로 제안했다.

"우선 누워만 계세요. 몸 안의 쓰레기통인 림프 순환로를 제가 하나하나 열어 드릴게요."

그렇게 관리가 시작되었다. 순환이 막혀 차갑게 식어버린 몸 구석구석을 손끝으로 읽어 내려갔다. 지방은 순환이 되지 않는 차가운 곳에 모이게 된다. 나는 림프를 자극해 부종을 빼고 혈액 순환을 도와 체온을 올리는 데 집중했다. 특히 스트레스로 인해 돌처럼 단단해진 복부를 깊숙이 마사지하며 가스와 변비를 해결해 나갔다. 복부의 긴장이 풀리자 그녀의 거친 호흡은 점차 평온해졌다. 차갑던 발끝에 온기가 돌기 시작했고, 허벅지의 셀룰라이트들은 정성 어린 수기 관리를 통해 조금씩 길을 열어주었다.

일주일에 한 번, 그녀는 단 한 번도 약속을 어기지 않고 샵을 찾았다. 처음엔 그저 몸이 가벼워지는 시원함에 꾸준히 관리받으러 오던 고객님이었지만, 마법처럼 놀라운 변화가 나타나기 시작했다. 다이어트를 위한 식단 관리를 시작하기도 전이었는데 매주 1kg씩 체중이 줄어들었다. 더 놀라운 것은 사이즈의 변화였다. 두 달마다 옷을 새로 사야 할 정도로 몸의 부피가 빠르게 줄어들었다. 순환의 물길이 열리자 몸이 스스로 독소를 내뱉기 시작한 것이었다.

우리는 관리실 안에서 마치 한 팀이 된 것처럼 호흡을 맞췄다. 점점 가벼워지는 몸을 경험하자 고객님은 더욱 적극적으로 다이어트에 임하게 되었다. 우리는 본격적으로 식단 관리에 박차를 가하기로 했다. 일주일간 먹은 음식을 공유하며 나는 그녀의 영양사가 되기도 하고, 식단 조절에 실패한 날에는 마음을 토닥여 주는 상담사가 되기도 했다.

"괜찮아요. 어제 좀 많이 드셨으면 오늘 제가 더 땀 흘려 복부 관리해 드릴게요. 다시 시작하면 돼요."

관리를 시작하고 1년이 조금 넘었을 때, 체중계 화면에는 믿기 힘든 숫자가 쓰여 있었다. 100kg을 훌쩍 넘던 그녀가 70kg대에 진입한 것이다. 단순히 살이 빠진 것을 넘어 무겁던 몸을 지탱하느라 비명을 지르던 고관절과 무릎 통증도 씻은 듯이 사라졌다. 무엇보다 중요한 변화는 그녀의 표정에서 그늘이 걷혔다는 사실이었다.

한번은 고객님이 짧은 크롭티를 입고 샵에 나타났다. 어느 때보다 감동적인 순간이었다. 평생 가리기 급급했던 허리 라인을 자신 있게 드러낸 그녀의 모습이 눈부시게 아름다웠다.

건강하지 않은 방식으로 굶어서 살을 빼는 대신 몸의 독소를 제거하고 순환을 정상으로 돌려 값진 결과를 얻은 그녀였기에, 특별히 얼굴 관리를 하지 않았음에도 피부에서도 자연스럽게 맑은 광채가 났다. 이제 어떤 운동을 해도 다치지 않을 만큼 건강한 몸을 갖게 되었다. 아침에는 안양천을 힘차게 뛰고, 저녁에는 헬스장에서 PT 수업을 받으며 자신의 한계를 시험한다.

진정한 돌봄(Care)이란 상대의 아픔에 깊이 공감하며 끝까지 함께 걷는 태도이며, 그 진심이 닿았을 때 비로소 삶 전체가 바뀌는 치유(Cure)가 일어난다. 그 중요한 사실을 자신감 넘치는 발걸음으로 샵을 나서는 그녀를 보며 다시금 떠올렸다. 비만이라는 감옥에서 스스로 걸어 나와, 활력과 생기가 넘치는 자신만의 루틴을 만들어낸 그녀. 그녀의 빛나는 미소

는 22년 내 손길을 거쳐 간 그 어떤 임상 결과보다도 값진 선

물처럼 느껴진다.

장(腸) 순환으로
피부 본연의 생기를 찾다

아름다움은 결코 표면적인 관리만으로 만들어지지 않는다.

독소를 덜어내고 순환의 물길을 터주는 '장의 건강'이야말로

피부 트러블을 해결하는 가장 정직하고 근본적인 열쇠다.

"장에 가스가 많이 차 있고 변비가 심하시네요."

"어머 원장님, 만져만 보고 그걸 다 아세요?"

출산 이후 여성들의 가장 큰 고민은 단연 뱃살이다. 복부
에 쌓인 지방은 쉽게 빠지지 않을뿐더러 올바른 다이어트 방
법을 몰라 애를 먹기 때문이다. 하지만 내가 복부를 관리할
때 뱃살보다 더 중요하게 여기는 것이 있는데 바로 '장(腸) 마

사지'다. 장 마사지의 중요성을 깨닫게 된 데에는 잊지 못할 계기가 있다.

압구정 에스테틱 샵의 2호점인 청담 샵을 맡아 운영하던 시절의 이야기다. 당시 우리 샵 옆에는 미용실이 하나 있었는데, 본점의 원장님께서는 청담 샵에 들르실 때마다 매일 아침 미용실 원장님께 따뜻한 인사를 건네셨다. 하루하루 쌓인 작은 교감은 나란히 위치한 두 매장 사이에 싹튼 잔잔한 신뢰로 이어졌다.

평소와 같이 일을 하던 어느 저녁, 익숙한 손님 한 분이 우리 샵의 문을 열고 들어오셨다. 이웃 미용실의 원장님께서 케어를 받기 위해 우리 샵을 찾으신 것이었다. 이 방문은 우리 원장님이 오랜 시간 공들여 쌓아온 신뢰에서 비롯된 것임을 알기에 나는 남다른 긴장감과 책임감을 안고 케어에 들어갔다. 하루 종일 드라이와 가위질을 하느라 뭉쳐버린 어깨와 손목, 그리고 종일 서서 일하느라 퉁퉁 부은 다리 근육을 정성껏 풀어드렸다.

바디 관리의 하이라이트인 복부에 손을 올리는 순간에 내 손끝으로 미묘한 긴장감이 전해졌다. 복부가 팽팽하게 부풀어 있었고, 가득 찬 가스와 딱딱한 숙변이 고스란히 느껴졌기 때문이다. 1인 미용실을 운영하다 보니 화장실 갈 틈도 없고 끼니는 늘 빵이나 떡, 믹스커피로 때운다는 그녀의 고충이 복부 상태에서 고스란히 전해져 왔다. 그녀는 병원에서 건강 검진을 받을 때마다 늘 가스로 인한 복부 팽만이 심하다는 이야기를 들었다고 한다. 나는 장에 가득 자리 잡은 독소를 반드시 빼 드려야겠다고 다짐했다.

"조금 아프시더라도 천천히 풀어드릴게요. 장의 연동 운동을 도와야 가스가 배출되고 속이 편안해지거든요."

충분히 설명을 해드린 뒤 본격적인 장 마사지를 시작했다. 상행 결장, 횡행 결장, 하행 결장의 흐름을 따라 손끝을 천천히, 그러나 지그시 깊게 눌러 내려갔다. 그녀의 복식 호흡과 내 손끝의 리듬을 맞추며 정성을 쏟는 과정은 단순한 관리가 아니라 치유의 의식처럼 느껴지기도 했다.

나는 밤 11시를 훌쩍 넘길 때까지 온 힘을 다했다. 내 이마에 땀방울이 맺힐 때쯤 마침내 "정말 시원해요!"라는 감탄사가 그녀에게서 터져 나왔고, 관리 내내 긴장하고 있던 나도 비로소 안도감을 느낄 수 있었다. 다음 날 아침, 미용실 원장님은 다시 샵으로 찾아와 환한 미소와 함께 속보를 전했다.

"어젯밤 복부가 뒤틀리는 것 같더니 숙변과 가스가 다 빠졌어요. 이렇게 속이 편한 건 정말 오랜만이에요!"

그날의 경험 이후, 나는 얼굴 관리를 받으러 오는 고객이라 할지라도 가벼운 지압으로 장 상태를 확인하는 습관이 생겼다.

엘하임 에스테틱에 얼굴 관리를 받으러 오신 한 고객님이 계셨다. 그분께서는 얼굴 트러블이 피부 관리만으로는 나아지지 않아 큰 스트레스를 받고 계셨다. 아무리 피부에 좋다는 관리를 받아봐도 트러블이 잡히지 않는다는 것이었다. 나는 정성스레 관리를 마치고 마무리 팩을 올린 뒤 손바닥으로 그녀의 복부를 지압해 보았다. 아니나 다를까 장이 돌처럼 딱딱하게 굳어 있었다. 외견상 건강해 보이는 슬림한 체형을 가진 고객님의 복부라는 사실이 믿기지 않을 정도로 말이다.

원인은 식습관에 있었다. 긴장을 잘하는 성격을 가지신 고객님은 배가 차가운 편인 데다 생채소를 먹으면 장 트러블이 생겨 채소를 멀리해왔다고 한다. 그 결과 지독한 변비를 달고 살았다는 것이다. 이는 비단 이 고객님만의 문제가 아니다. 가공식품과 디저트, 액상과당이 일상이 된 현대의 식문화는 장내 미생물의 균형을 무너뜨려 유해균은 늘고 유익균은 줄어들게 만든다. 그 결과 혈당 조절이 불안정해지고 장 트러블과 피부 트러블까지 문제가 이어질 수 있다.

고객님에게 장 건강과 피부의 상관관계를 설명한 뒤, 일상의 작은 루틴부터 바꿔볼 것을 제안했다. 첫 단계는 아침 공복에 질 좋은 올리브유를 섭취하는 것이었다. 공복에 섭취하는 올리브유는 딱딱하게 굳은 장의 연동 운동을 돕는 천연 윤활유 역할을 한다. 그리고 불포화 지방산인 올리브유는 담즙 분비를 촉진해 소화를 돕고 장내 환경을 개선하는 데 도움을 준다. 평생 변비를 달고 산 고객님에게 필요한 것은 인위적인 배변유도제가 아니라 바로 스스로 비워낼 수 있는 장내 환경을 만드는 것이다. 그래서 나의 건강을 위해 샵에 두고 섭취하던 올리브유와 레몬즙을 나누어 드리고 꾸준히 드셔보길 권했다. 고객님은 나의 말을 신뢰하고 그때부터 매일 작은 습관을 만들어 나갔다.

놀라운 변화는 3개월 뒤 건강 검진 결과로 입증되었다. 수년간 요지부동이던 콜레스테롤 수치가 마침내 정상 범위에 안착한 것이다. 좋은 콜레스테롤(HDL)은 눈에 띄게 오르고, 나쁜 콜레스테롤(LDL)은 현저히 낮아졌다. 일상의 작은 노력이 가져온 이 드라마틱한 결과에 큰 힘을 얻은 고객님은 이제 다음 단계로 나아갔다. 평소 생채소를 섭취하는 데 어려움을 겪으셨던 고객님은 대안으로 양배추와 당근, 브로콜리 등을 푹 삶아 만든 채소 수프를 드시며 스스로의 몸을 정성껏 돌보기 시작하셨다.

한 달 뒤, 그녀의 복부 가스는 눈에 띄게 빠졌고, 손끝에서도 장이 편안해졌다는 게 느껴질 정도였다. 단백질과 물 섭취를 늘리자, 마침내 얼굴의 트러블도 개선되고 피부의 수분도 점점 채워져 갔다. 아름다운 얼굴과 날씬한 몸매는 결코 표면적인 관리만으로 만들어지지 않는다. 독소를 덜어내고 순환의 물길을 터주는 장의 건강이야말로 근본적인 해결책이었다.

우리의 몸은 정직하다. 장이 편안해지고 순환이 제자리를 찾으면, 피부는 약속이라도 한 듯 스스로 생기를 되찾는다. 겉을 화려하게 치장하기보다 내 안에 독소를 비우는 내면의 순환에 집중해야 하는 이유가 바로 여기에 있다. 속에서부터 차오르는 건강함이야말로 우리가 추구해야 할 가장 고귀하고 지속 가능한 아름다움이라 믿는다.

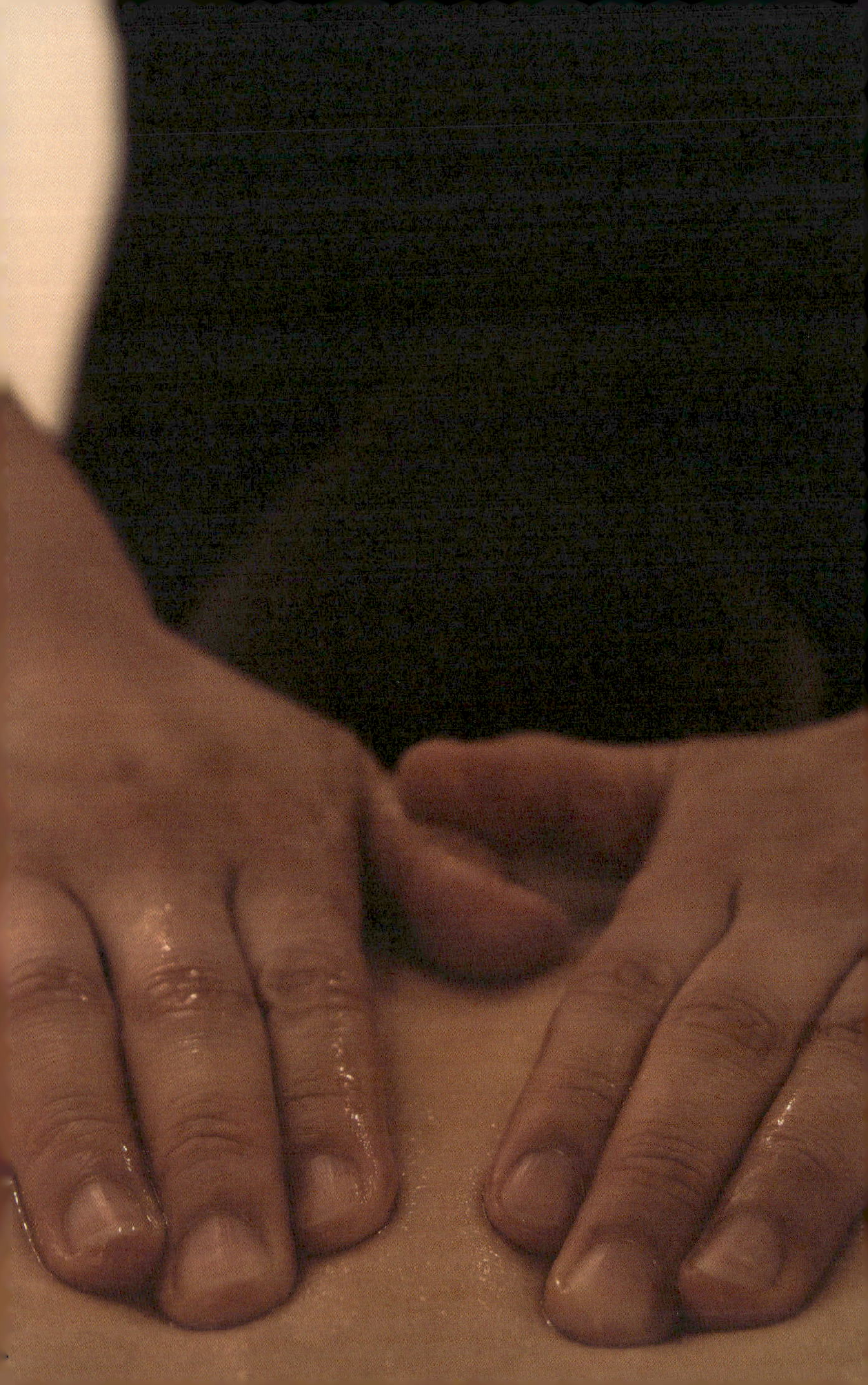

피부 장벽을 살리는
23시간 홈 케어의 기적

샵에서 머무는 시간은 일주일에 단 한두 시간뿐이다. 나머지 '23시간의 홈 케어'가 무너지면 치유의 속도는 더딜 수밖에 없다. 진정한 케어는 전문가의 손길이 닿지 않는 순간에도 스스로를 돌볼 수 있게 돕는 것이다.

수능이 끝난 수험생이라면 해방감을 만끽하며 즐겁게 지내야 하지만 스트레스로 거칠어진 피부 트러블은 수험생들에게 또 다른 스트레스가 되곤 한다. 나는 수능 직후부터 수험 생활의 스트레스로 지친 학생들을 위해 작은 선물을 준비했다. 트러블 케어를 한시적으로 할인하여 제공하는 '수험생 특별 프로모션'이었다. 행사를 시작한 지 며칠 되지 않아 수험생 자녀의 피부 고민을 해결해 주고 싶은 한 어머니의 간절한 전화를 받게 되었다.

"우리 딸이 수험 생활 내내 여드름으로 고생했는데, 이제라도 관리받으면 피부가 깨끗해질 수 있을까요?"

며칠 뒤, 샵을 방문한 이제 막 성인이 된 고객님의 얼굴을 관리하며 손끝으로 피부결을 세밀하게 읽어 내려갔다. 고객님의 피부는 이마엔 피지가 모공을 막아 생긴 면포성 여드름이 있었고, 볼 주위는 염증으로 인한 여드름 흉터와 붉은 홍조가 뒤섞여 있었다. 유분이 넘치지만 정작 속은 바싹 말라 있는 '수분 부족형 지성'의 전형이었다. 상담을 해보니 유튜브에서 본 잘못된 정보로 인해 지성 피부에 맞지 않는 기초 화장품을 바르고 있었고, 클렌징 방식 역시 피부 타입에 맞지 않아 피부 장벽을 무너뜨리고 있었다.

"피부는 살아있는 유기체와 같아서 온도, 습도, 그리고 컨디션에 따라 매일 달라져요. 지금 고객님의 피부에는 강한 약보다는 스스로 숨을 쉴 수 있는 기초 공사가 필요해요.”

샵에서 고객을 관리해 줄 수 있는 시간은 현실적으로 일주일에 한두 시간뿐이다. 나머지 ‘23시간의 홈 케어’가 무너지면 치유의 속도는 더딜 수밖에 없다. 나는 과도한 피지 제거를 선택하지 않고, 진정과 보습에 초점을 맞추고 자극 없는 모공 관리에 집중하기로 했다. 또한 겉돌기만 하는 유분 대신 피부 속 깊이 수분을 채워줄 수 있는 성분의 보습제를 엄선해 샘플로 챙겨주며 아주 구체적인 ‘홈 케어 숙제’를 내주었다.

“이 제품들을 제가 알려드린 루틴대로만 사용해 보세요. 내 피부가 이 성분에 어떻게 반응하는지 아침에 일어났을 때 피부의 온도는 어떤지 스스로 관찰해 보는 거예요. 안 맞아도 걱정하지 마세요. 다시 맞는 조합을 찾아 나가면 되니까요.”

그것은 화장품 샘플을 증정하는 단순한 서비스를 넘어 고객의 욕실에 ‘맞춤 홈 케어 처방전’을 보내는 일이었다. 피부는 놀라울 정도로 빠르게 회복되었다. 2~3회의 관리와 정교한 홈 케어 관리가 맞물리자 가장 먼저 볼의 홍조가 가라앉기 시작했다. 이후 무너졌던 피부 장벽이 재건되면서 피지의 양이 자연스럽게 조절되었고, 피부 스스로 재생하는 힘이 속으로부터 꿈틀대며 자라나기 시작했다.

어떨 때는 다시 올라온 트러블 때문에 울상이 되어 나타나기도 했다. 그럴 때면 나는 서두르지 않고 고객님의 지난 한 주간의 일상을 차분히 되짚어보았다. 식단부터 수면 패턴, 무의식적인 습관까지 꼼꼼히 살피며 숨어있는 원인을 찾아내고, 다시 피부가 평온을 찾을 수 있도록 실질적인 해결 방안을 함께 고민했다.

"이번 주는 어떤 화장품을 더 썼나요? 잠은 몇 시에 잤죠? 혹시 새로 바꾼 세안제가 있었나요?"

그 과정은 고객님이 자신의 피부를 깊이 이해해 가는 소중한 배움의 시간이 되었다. 1년이라는 결코 짧지 않은 시간을 함께 보내며, 고객님은 이제 자신의 컨디션에 따라 어떤 제품을 더하고 덜어내야 할지 스스로 판단할 줄 아는 전문가가 되었다. 사계절이 한 바퀴 도는 동안 피부는 몰라보게 맑아졌고, 그 깊이만큼 마음속에도 단단한 자신감이 차올랐다. 어느덧 고객님은 대학교 친구들에게 자신만의 피부 관리 노하우를 전수하고, 친구들의 손을 이끌고 우리 샵을 찾는 든든한 '피부 멘토'가 되어 있었다.

진정한 케어는 전문가의 손길이 닿지 않는 순간에도 고객이 자신을 스스로 돌볼 수 있는 환경을 만들어줄 때 완성된다. 스스로 자신의 피부를 케어하는 힘을 길러주고, 23시간의 일상을 책임지는 '홈 케어 처방'이야말로 치유의 완성을 이끄는 가장 강력한 도구인 것이다.

스무 살, 청춘의 시작점에서 자신을 괴롭히던 피부 트러블에서 벗어나 당당하게 세상으로 나가게 된 대학생 고객님의 뒷모습은 나에게 커다란 보람이 되었다. 나의 터치는 피부의 표면을 만지지만, 결과적으로는 한 사람의 인생이 피어나도록 돕는 일이었다.

갱년기 인생,
활기찬 하프 타임을 열다

건강을 되찾은 고객님은 조화로운 '인생의 하프 타임'을 준비하고 있다. 내가 관리를 통해 누군가의 삶을 회복시키는 것 같지만, 사실 나 역시 이런 멋진 분들과 인생의 길을 나란히 걸으며 매 순간 배우고 성장한다.

다시 '엘하임 에스테틱'의 문을 열고 새로운 여정을 시작한 지 얼마 되지 않았을 때의 일이다. 어느 평화로운 토요일 오후, 침착하고 우아한 분위기를 지닌 고객님 한 분이 샵을 찾아오셨다. 오랫동안 신뢰하며 다니던 샵의 원장님이 이전을 앞두고 있어 새로운 곳을 찾던 중, 우연히 마주친 우리 샵의 간판에 이끌려 발걸음을 하신 것이었다.

십수 년간 꾸준히 관리를 받아오셨다는 이 고객님은 한때 건강을 돌볼 겨를도 없이 오직 커리어를 쌓는 일에 모든 열정을 쏟아부었던 전형적인 '워커홀릭'이었다. 몸의 순환 체계가 무너져가는 줄도 모른 채, 원인 모를 염증과 두통을 주사와 약으로 버티며 달려온 세월이었다. 그동안 성취감이라는 달콤한 보상 뒤에 가려진 고객님의 몸은 소리 없는 비명을 지르고 있었다. 그렇게 쉼 없이 앞으로 나아가던 와중, 한의원 원장님에게 들은 서늘한 경고는 고객님의 삶을 뒤흔들었다.

"이대로 사시면 정말 큰일 납니다. 수명이 줄어들고 있어요."

그날 이후, 고객님은 비로소 가쁘던 걸음을 멈춰 서기로 했다. 회사를 잠시 쉬며 운동과 관리를 통해 오직 자신을 돌보는 일에만 집중하기 시작한 것이다. 그 치열한 회복의 시간을 통과하며 고객님은 깨달았다. 바디 케어란 단순히 외형을 가꾸는 미용이 아니라, 나를 지키기 위한 절박한 '생존의 문제'라는 사실을 말이다.

몸의 소중함을 누구보다 뼈저리게 절감했기에, 에스테틱을 선택하는 안목 또한 누구보다 꼼꼼하고 신중할 수밖에 없었다. 그런 긴장감 속에 첫날 얼굴 관리를 받으신 고객님은 "드디어 숨은 고수를 만났다."라며 그 자리에서 깊은 신뢰를 보여주셨다. 그리고 얼마 지나지 않아, 바디 관리까지 이어가며 자신의 몸을 온전히 내 손길에 맡기기 시작하셨다.

본격적인 케어가 시작된 날이었다. 두피 마사지를 위해 머리카락을 쓸어 올리던 나는 멈칫했다. 500원짜리 동전만 한 원형 탈모가 선명하게 자리 잡고 있었다. 극심한 스트레스로 순환이 깨진 결과였다. 약물치료마저 부작용으로 중단했다는 고객님의 말에 안타까움이 밀려왔다. 성공한 커리어 우먼의 당당한 미소 뒤에 숨겨진 탈모가 주는 고통은 얼마나 컸을까. 내 머릿속은 다시 바쁘게 돌아가기 시작했다.

'단순한 두피 관리로는 부족하다. 전신의 순환 체계를 정상화해 면역력을 끌어올려야 한다.'

나는 오직 그 고객님만을 위한 특화된 관리 플랜을 구성했
다. 머리끝부터 발끝까지 안티-스트레스 아로마 오일을 사
용하여 팽팽하게 당겨져 있던 긴장을 이완시켰고, 한 주간
켜켜이 쌓인 고민과 생각들을 따뜻한 대화로 풀어내며 마음
의 독소까지 정성껏 비워냈다.

정성스럽게 두피의 노폐물을 제거한 뒤 고농축 앰플을 깊
숙이 흡수시키고, 릴렉싱 아로마 마사지로 멈춰 있던 두피의
혈류를 깨워주었다. 그렇게 2개월의 시간이 흐르자 믿기 어
려운 변화가 찾아왔다. 매끈하기만 했던 탈모 부위에 미세한
검은 점처럼, 새로운 모근이 기적처럼 돋아나기 시작한 것이
다. 6개월 뒤에는 다니시는 미용실 원장님조차 눈을 의심할
정도로 머리카락이 많이 자라났다. 몸과 마음의 긴장을 풀고
멈춘 혈류를 다시 돌려놓은 '진정한 치유'의 힘이 증명된 순
간이었다.

이제 나는 고객님의 '전담 주치의'와 다름없다. 바디를 만
지기만 해도 한 주 동안 무엇을 먹었는지, 어떤 운동을 했는

지, 얼마나 스트레스를 받았는지 손끝으로 읽어낼 정도이다. 고질적인 목디스크를 집중적으로 관리해 정상적인 상태로 돌려놓고, 그와 더불어 운동 후 뭉친 하체 근육을 풀어주며, 그녀의 컨디션을 최상으로 유지했다.

마지막 과제는 '갱년기 복부 관리'였다. 나는 고객님과의 대화를 통해 퇴근 후 보상 심리로 먹는 '감정적 식단'이 복부 문제의 원인임을 찾아냈다. 우리는 혈당을 급격히 올리지 않는 식습관과 감정을 다스리는 법을 공유하며 일상의 루틴을 서서히 바꿔나갔다. 고객님의 복부를 어루만지면 한 주간의 식단 조절 결과가 손끝에 고스란히 전해졌기에, 나는 정직한 피드백을 건네며 때로는 엄격하게, 때로는 따뜻하게 고객님을 격려했다. 마침내 고객님은 고질적인 장의 불편함에서 벗어났고, 그 어렵다는 '갱년기 뱃살'을 걷어내는 데도 성공하셨다. 이제는 환하게 웃으며 이렇게 말씀하신다.

"원장님 덕분에 갱년기가 왔는지도 모르게 지나갔어요. 혼자였다면 이 식단 관리, 절대 성공하지 못했을 거예요."

건강을 되찾은 고객님은 이제 일터에서 자신의 능력을 더욱 빛내고 계실 뿐 아니라, 운동과 공부를 병행하며 조화로운 '인생의 하프 타임'을 준비하고 계신다. 내가 관리를 통해 누군가의 삶을 회복시키는 것 같지만, 사실 나 역시 이런 멋진 분들과 인생의 길을 나란히 걸으며 매 순간 배우고 성장한다. 무너진 순환을 바로잡아 다시금 활기찬 삶으로 돌아갈 수 있도록 돕는 기쁨, 그것이 내가 이 길을 묵묵히 걸어갈 수 있게 하는 가장 큰 보람이다.

마음의 짐과 함께
독소를 비우는 대나무 숲

연애 상담부터 직장 생활의 고단함, 결혼과 자녀에 대한 고민까지. 나는 누군가에게 "임금님 귀는 당나귀 귀"를 외칠 수 있는 대나무 숲이 되기를 바란다.

나는 본래 외향적인 사람이다. 매일 정적인 공간에서 같은 일을 반복하며 단조로운 하루를 보내는 것처럼 보일지도 모르지만, 실은 하루에도 여러 명의 인생을 깊숙이 들여다보는 누구보다 역동적인 삶을 살고 있다. 대부분의 고객님은 10회 이상의 관리를 약속하며 긴 시간 동안 나와 호흡을 맞춘다. 일대일로 마주하는 밀도 높은 시간 속에서, 고객님들의 마음은 생각보다 빠르게 열리곤 한다. 이제는 샵으로 들어서는 발소리의 무게만으로, 혹은 베드에 엎드렸을 때 전해지는 등 모양만 보아도 그날 고객님이 품고 온 기분을 읽어낼 수 있을 정도가 되었다.

오픈 첫 달부터 지금까지 꾸준히 찾아주시는 고객님 한 분이 계신다. 2년 넘게 매주 바디 관리를 해오다 보니 이제는 만지기만 해도 저절로 그분의 컨디션이 느껴진다. 어느 날, 예약 시간에 맞춰 샵으로 들어오는 그녀의 어깨가 유난히 처져 있었다. 평소와는 다르게 소소한 일상 대화도 나누지 않은 채 그녀는 관리 시간 내내 깊은 잠에 빠져 있었다. 나는 그 적막한 분위기를 깨지 않고 조심스럽게 케어를 마친 뒤 그녀를 배웅했다.

다음 주, 고객님에게서 메시지가 왔다. 특별한 이유 없이 관리를 한 주 쉬겠다는 내용이었다. 평소와는 다른 미묘한 기류를 직감한 나는 이것저것 묻는 대신 응원의 마음을 담아 모바일 쿠폰과 메시지를 보냈다.

“고객님, 잠시 숨 고르기가 필요한 시간인가 봐요. 달콤한 것 드시고 힘내세요.”

일주일 뒤, 조금은 회복된 것 같은 모습으로 나타난 그녀는 내 손을 잡으며 말했다.

“원장님, 어떻게 아셨어요? 세상 모든 사람이 나를 괴롭히는 것만 같은 우울함에 빠져 있었는데 원장님의 메시지가 큰 위로가 됐어요.”

우리는 살면서 많은 고민을 마주한다. 그럴 때는 누군가에게 털어놓는 것만으로도 머릿속이 정리되고 숨통이 트이기도 한다. 나 역시 복잡한 마음을 솔직한 수다를 통해 풀고 싶을 때가 있다. 하지만 늘 고민을 들어주던 가장 소중한 친구는 지금 하늘나라에 있기에 가끔 지독한 외로움을 느끼기도 한다. 그래서일까, 나는 고객들이 케어를 받는 동안 들려주는 인생사를 진심으로 공감하며 경청하게 된다. 연애 상담부터 직장 생활의 고단함, 결혼과 자녀에 대한 고민까지…. 누군가에게 "임금님 귀는 당나귀 귀"를 외칠 수 있는 대나무 숲이 되기를 바라는 마음이다.

오랫동안 관리를 맡았던 한 고객님은 결혼을 앞두고 있었다. 연애 초기부터 과정을 지켜봐 왔기에 예비 신부가 된 그녀의 앞날을 누구보다 축복하며 정성스레 관리를 이어 나갔다. 하지만 어느 날, 늘 발랄하던 그녀가 한 마디도 하지 않은 채 관리 내내 눈물만 흘리는 것이 아닌가. 나는 케어가 끝난 뒤 조용히 그녀의 어깨를 토닥였다.

"지금 너무 잘해오고 있어요. 두렵겠지만 걱정하지 말아요."

그 한마디를 듣자마자 그녀는 눈물을 쏟아냈다. 미래에 대한 두려움으로 그녀의 마음은 잠시 무너져 있었던 것이다. 다음 예약 날, 마치 친정 언니가 된 마음으로 에그타르트를 선물로 건네며 농담을 던졌다.

"다이어트 너무 힘들면 하지 마요! 지금도 충분히 예쁘니까."

결혼 이후의 새로운 삶에 불안해하던 그녀의 마음은 따뜻한 응원과 위로 속에서 점차 회복되었고, 다시 밝고 귀여운 신부가 되어 행복한 결혼 생활을 시작했다.

엘하임 에스테틱에는 산후 관리를 위해 찾아오시는 분들도 많다. 지인의 소개로 오신 한 산모님은 온몸의 부종이 채 빠지지 않은 채 무거운 몸을 이끌고 오셨다. 베드에 누운 산모님의 컨디션을 살피기 위해 가볍게 터치를 시작한 순간, 고요한 관리실 안에 미세하게 훌쩍이는 소리가 들려왔다. 호르몬의 급격한 변화 때문인지, 낱낱이 알 수 없는 육아의 고단함 때문인지 나는 그 깊은 속내를 다 헤아릴 길 없었다. 다만 나의 손길이 차가운 몸을 녹이는 따뜻한 위로가 되길 바라며, 묵묵히 부종을 걷어내고 멈춘 순환을 돌려놓는 데 온 마음을 쏟았다.

회차를 거듭하며 산모님은 닫혀 있던 고민을 조금씩 털어놓기 시작하셨다. 아이를 얻은 환희 뒤로 불쑥 찾아온 초보 엄마로서의 두려움이 마음 한구석에 무겁게 자리 잡고 있었던 것이다. 나는 내가 먼저 겪었던 좌충우돌 육아 이야기를 진솔하게 들려주며 그 산모님과 단단한 공감대를 쌓아 나갔다. 어느덧 3회 차 관리에 들어설 무렵, 그녀는 이전의 슬픔은 잊은 듯 환한 미소로 일상의 수다를 나누게 되었다. 그리고 몇 개월 뒤, 산후우울증으로 힘들어하는 지인에게 우리 샵을 소개하며 이렇게 말했다고 한다.

"거기에서 내 마음의 불안과 우울한 마음이 회복되었어."

나는 오늘도 베드에 누운 이들의 고단한 삶을 손끝으로 듣는다. 피부 아래 숨겨진 마음의 멍을 어루만지는 진정한 '돌봄과 치유(Care & cure)'를 위해서. 몸뿐만 아니라 마음까지 한결 가벼워진 걸음걸이로 샵 문을 나서는 고객들의 경쾌한 발소리는 나에게 가장 큰 힘이 된다.

Care & cure란 증상을 지우는 임시방편이 아니라
몸 스스로 일어날 힘을 깨우는 정성스러운 관리이다.
막힌 흐름을 뚫어 당신의 삶을 다시 흐르게 할
가장 정직하고 단단한 회복의 원리를 공유한다.

터치의 철학이 브랜드가 되다

수만 번의 터치 기록과
시간이 쌓아 올린 22년

20대의 손이 앞서가기 위한 '기술'이었다면, 40대의 손끝은 사람을 살려내는 '터치'가 되었다. 무너진 몸의 시스템을 회복시켜 잃어버린 생명력을 다시 꽃피우는 것, 그것이 22년 세월이 나에게 준 선물이다.

내가 에스테티션으로 살아온 22년의 세월은 사람의 몸을 만지는 '손길'이 성장하는 과정이었다고 해도 과언이 아니다. 돌이켜보면 나의 터치는 내가 통과해 온 인생의 계절마다 모습을 바꾸며 성장해 나갔다. 마치 봄에는 새싹이 나고, 꽃을 피우며, 가을에는 붉게 물드는 나무의 이파리들처럼 말이다.

20대의 터치는 '꿈과 기술'이 담겨 있었다. 압구정 막내 시절, 나의 손끝에는 늘 간절함이 배어 있었다. 선배들의 테크닉을 하나라도 놓칠까 재빨리 메모하고, 퇴근 후에도 샵에 남아 밤늦도록 연습하던 시절. 그때의 내 손은 더 예쁘게, 더 정확하게 관리를 해내기 위한 예민한 기술의 도구와도 같았다.

하루에 12명이나 되는 고객의 하체를 거뜬히 관리해 내는 강철 같은 체력과 화려한 테크닉이 나의 전부였고, 나를 지명하는 고객의 수가 점점 늘어날수록 나의 자부심도 커졌다. 20대의 터치는 더 넓은 세상으로 나아가기 위해 갈고닦은 나의 가장 강력한 무기였으며, 꿈을 향해 온몸으로 내던졌던 치열한 몸부림의 결정체였다.

30대의 터치는 '경영과 기반'이 되어 주었다. 내 이름을 내건 샵을 열고 원장이 되었을 때, 나의 손은 조금 더 넓은 세상을 어루만지기 시작했다. 한 사람의 몸을 치유하는 것을 넘어 샵의 시스템을 구축하고 경영을 담당하며 고객의 만족도를 수치화하여 정확히 파악하는 법을 배웠다.

손끝에서 피어난 나의 터치는 점차 경제적인 안정을 가져다주었고, 내가 사랑하는 이 일을 지속할 수 있는 든든한 삶의 기반을 마련해 주었다. 30대의 터치는 기술적으로 더욱 정교해지고 단단해진 시기였지만, 한편으로는 삶의 무게를 지탱하느라 가장 팽팽하게 긴장되어 있던 시간이기도 했다. 무너질 수 없다는 책임감과 더 잘해야 한다는 열망이 교차하며, 나의 손길은 그 어느 때보다 치열하게 세상을 마주하고 있었다.

그리고 40대의 지금, 나의 터치는 '생명'을 향한다. 가장 찬란하게 보내야 할 시기에 겪었던 유산과 우울증은 역설적이게도 내가 가장 따뜻한 손길을 갖추는 계기가 되었다. 이제 내 손은 딱딱하게 뭉친 근육 뒤에 숨겨진 마음의 응어리를 읽는다. 50대 워킹맘의 굳은 어깨에서 삶의 무게를 느끼고, 30대의 거친 피부에서 미래에 대한 불안을 읽는다.

40대가 된 내 손끝은 이제 '앞서가기 위한 기술'이 아니라, 누군가를 '살려내는 터치'가 되었다. 몸의 순환이 깨어나면 곧 한 사람의 일상이 깨어나기 시작하고, 나아가 온 가족의 웃음까지 되살아난다는 소중한 사실을 온몸으로 경험한 것이다.

22년에 걸친 터치의 여정을 거쳐 지금의 '하임(Haim)'이라는 이름이 완성되었다. 20대의 열정과 30대의 노련함, 그리고 40대에 마주한 치유의 철학이 부드럽게 조화를 이루어 비로소 하나의 브랜드가 된 것이다. 나의 손길은 이제 성공을 위한 도구가 아니다. 무너진 몸의 시스템을 회복시켜 사람들이 잃어버린 생명력을 다시 꽃피우도록 돕는 통로이다.

하임에서 투하임
: 진심의 처방전

기기 하나 없이 오로지 손과 괄사로만 승부하는 것이 경쟁력
이 있을까 걱정했지만 하임은 입소문만으로 예약조차 힘든
곳이 되었다. 기본에 충실함으로 근본을 회복시킨다는 원칙
이 장인의 손끝에서 살아 움직이던 시간이었다.

하임은 가정을 일궈가는 동시에 나의 꿈을 함께 심어 나
간 소중한 터전이었다. 결혼 후 나만의 에스테틱 샵을 열기
로 결심했을 때, 우리 부부는 투룸 신혼집에 마주 앉아 매일
저녁 간절한 마음으로 예배를 드렸다. 그때 우리 부부의 기
도를 가득 채웠던 단어는 바로 '임재'였다. 임재는 하나님이
이곳에 함께 머물러 평안과 축복을 주신다는 뜻이다. 우리는

이곳을 찾는 모든 이들이 지친 몸과 마음을 내려놓고 위로와 안식을 경험하길 바랐다. 그래서 '하나님이 머무시는 곳'이라는 의미를 담아 하임 에스테틱이라는 이름을 지었다.

현장에서 수많은 고객님을 보살피며 깨닫게 된 진리가 하나 있다. 같은 화장품과 똑같은 테크닉을 구사하더라도, 그 결과는 극명하게 달라질 수 있다는 사실이다. 관리하는 이의 진심과 받는 이의 간절함, 그날의 컨디션, 그리고 우리가 미처 다 설명할 수 없는 생명 본연의 회복력이 시너지를 발휘할 때 비로소 기적 같은 변화가 일어난다. 그래서 나는 관리를 시작하기 전 늘 마음으로 기도하곤 한다.

"이곳이 평안과 회복이 깃드는 곳이 되게 하여 주셔서, 나의 손길을 도구 삼아 이곳을 찾는 이마다 고단한 삶의 무게를 내려놓고 진정한 안식을 누리게 하소서."

나는 '기본에 충실함으로 근본을 회복시킨다.'라는 철학을 샵 경영의 최우선 가치로 삼았다. 과거 강남의 수많은 에스테틱 샵들이 의료기기로 지정된 장비들을 무분별하게 사용하는 관행이 비일비재했지만 나는 그 유혹에 흔들리지 않았다. 기본 실력보다 화려한 장비의 광고로만 의존하다 경영에 어려움을 겪는 경우를 수없이 보아왔기 때문에 나는 더욱 원칙을 지켜 내 실력대로 나만의 샵을 운영해보기로 결심했다. 물론 불안하기도 했다. 한 건물에만 에스테틱 샵이 서너 개씩 있는 강남에서 기기 하나 없이 오로지 손과 괄사로만 승부하는 것이 과연 경쟁력이 있을까 하는 걱정이 되었다.

그러나 다행스럽게도 나의 걱정은 금세 사라졌다. 하임 에스테틱은 오픈과 동시에 입소문만으로 예약하기 힘든 곳이 되었다. 주말이나 저녁 시간대에는 대기 명단까지 생길 정도였고 나는 월요일부터 토요일까지 온전히 나의 손과 괄사 하나만으로 그 많은 예약을 소화해 나갔다. 20대의 치열한 경험과 유학 시절 배운 이론이 마치 장인의 감각처럼 손끝에서 살아 움직이던 찬란한 도약의 시간이었다.

출산과 육아라는 인생의 큰 고개를 넘으며, 나는 잃어버렸던 자존감을 되찾기로 했다. 아이의 곁을 지키면서도 나의 꿈을 이어 나갈 수 있는 곳, 아이의 학교와 멀지 않은 그 길목에 나만의 새로운 공간인 '엘하임 에스테틱'의 문을 열었다. 하나님의 임재를 뜻하던 '하임'에 '생명'과 '회복'이라는 의미가 더해지며 한 단계 성장했다.

그곳에서 최선을 다해 일하는 동안 나의 영역은 자연스럽게 확장되고 있었다. 샵에 오지 못하는 분들의 아쉬움이 쌓여 '엘하임뷰티'라는 온라인 공간이 태어났다. 엘하임뷰티는 전문가용 에스테틱 화장품을 온라인으로 선보이는 창구이자 판매처였다. 20년 세월 동안 현장에서 수많은 피부를 직접 어루만지며 쌓아온 소중한 노하우들을 더 넓은 세상과 나누고 싶었다.

피부는 정직하다. 특히 예민한 피부일수록 온라인의 정보에만 의존하기보다 전문가와 상담을 통해 신중하게 제품을 선택해야 한다. 메신저를 통해 건네오는 수많은 고민 앞에 나는 기꺼이 상담사가 되었다. 극심한 여드름, 해결되지 않는 건조함, 세월의 흔적을 고민하는 분들에게 맞춤형 가이드를 전했다. 마침내 '피부가 좋아졌다.'라는 기쁜 소식을 들을 때면 나의 20년 경력이 누군가에게 빛이 되고 있음을 다시금 확인했다.

하지만 마음 한구석에는 늘 해소되지 않는 갈증이 있었다. 현장에서 고객의 피부를 마주할 때마다 '이런 증상에는 딱 이런 제형의 클렌저가 필요한데'라는 아쉬움이 머릿속을 떠나지 않았다. 수많은 제품을 테스트해 보았지만 전문가로서의 까다로운 기준을 완벽히 충족하는 선택지를 찾기란 쉽지 않았다. 만족스럽지 못한 제품들을 마주할 때마다, 내 마음에 꼭 드는 제품을 직접 구현하고 싶다는 열망은 점차 확고한 확신으로 변해갔다.

특히 자녀의 피부 문제로 고민하던 고객님, 어느 여름날 절실한 마음으로 찾아온 남학생, 그리고 육아로 인해 무너진 탄력을 고민하던 아이 엄마들과 갱년기 열감으로 고생하시는 분들까지. 현장에서 마주한 수많은 사례는 내가 새로운 시작을 결심하는 결정적인 계기가 되었다.

정보가 범람하는 시대임에도 불구하고, 정작 많은 이들이 자신의 피부 컨디션에 맞는 홈 케어법을 찾지 못해 방황하고 있었다. 잘못된 관리로 여드름을 악화시키거나 예민해진 피부 장벽을 무너뜨리고, 건조한 피부에 필요한 영양을 채우지 못해 노화를 촉진하는 경우를 숱하게 보았다.

사계절이 뚜렷한 한국의 기후와 사춘기, 임신과 출산, 갱년기로 이어지는 생애 주기별 피부 변화는 매우 섬세한 대응을 필요로 한다. 계절과 컨디션에 맞춰 클렌징과 보습법을 유연하게 바꿔야 하지만, 대다수는 그 방법을 몰라 대처하지 못하고 있었다. 섬세한 관리가 서툰 남학생들에게 복잡한 기초 단계는 너무나 높은 벽이었고, 오용된 화장품 사용으로 손상된 피부 장벽을 재건하는 일은 결코 쉽지 않았다.

피부를 정상으로 되돌리기 위해 샘플을 챙겨주고, 맞춤형 케어법을 제안하고 쌓아온 노하우를 정리하며, 나는 오랜 고민 끝에 새로운 길을 걷기로 결심했다.

'피부 건강을 근본적으로 지키면서, 누구나 집에서도 쉽고 안전하게 사용할 수 있는, 진정 내 마음에 쏙 드는 화장품을 만들어보자.'

그렇게 '터치(Touch)'로 '생명(Haim)력'을 깨운다는 '투하임(Tou:haim)'이 세상에 나오게 되었다. 20여 년 동안 수만 명의 피부를 직접 만지며 체득한 노하우와 생명을 깨우는 터치의 정수를 담은 나만의 브랜드인 것이다. 이것은 단순한 화장품 이상의 의미로 베드 위에서 전하던 나의 진심과 기도를 당신의 화장대 위로 옮겨놓은 새로운 '처방전'이다.

생명을 깨우는 터치로
자신을 돌보는 하루 3분

화장대 앞에 선 당신이 자신을 정성스럽게 어루만지는 그 짧은 3분은 온전한 회복의 시간이다. 투하임은 내 손길을 대신해 당신의 하루를 응원하는 따뜻한 위로이자 자신을 귀하게 돌봐달라는 격려의 메시지다.

22년 전, 압구정 샵의 화장품 정리대를 닦던 막내의 서툰 손에서 시작된 여정이었다. 누군가의 삶을 깨우는 브랜드 '투하임(Tou:haim)'이 탄생하기까지, 나의 손은 수많은 이의 고통을 함께 짊어지고 그들의 삶을 어루만지며 비로소 '회복시키는 손'으로 거듭났다. 이 책의 마지막 페이지가 넘어갈 때 내가 세상에 전하고 싶은 메시지는 분명하다. 바로 '생명을 깨우는 손길(Touch Awakens Life)'에 대한 흔들리지 않는 믿음이다.

우리는 바쁜 세상 속에서 고된 현실에 치이며 정작 자신을 돌보는 법은 잊고 산다. 가장 소중한 자신의 삶을 말이다. 거울 속의 자기 모습을 외면하고, 몸이 보내는 통증의 신호를 무시하며 마음의 공허함을 화려한 겉모습으로 채우기 위해 애쓴다.

투하임은 매일 아침 화장대 앞에 선 당신이 자신의 얼굴을 정성스럽게 어루만지는 그 짧은 3분이 온전한 회복의 시간이 되길 바란다. 당신의 곁에 놓인 투하임의 클렌저와 기초화장품은 단순한 화장품이 아니다. 내 손길을 대신해 당신의 하루를 응원하는 따뜻한 위로이자 오늘 하루도 자신을 귀하게 돌봐달라는 격려의 메시지이다.

22년간 수만 명의 임상을 통해 쌓아온 손끝의 노하우를 한 병의 레시피로 녹여낼 때, 거기에는 에스테틱 원장으로서의 날카로운 감각과 엄마로서의 간절한 마음이 동시에 담겼다. 누구나 안심하고 사용할 수 있고, 누구에게나 확신을 가지고 권할 수 있는 제품을 만들고자 했다. 이 정직한 힘, 피부 본연의 건강함을 되찾아주는 회복의 힘이야말로 투하임의 본질이다.

섬세한 터치가 피부에 닿는 순간, 잠들어 있던 회복의 에너지가 깨어나 안에서부터 서서히 피어난다. 이런 치유의 순간은 '생명의 빛' 그 자체였다. 투하임의 로고를 브랜드의 이니셜 'T' 위로 한 줄기 빛이 닿아(Touch) 마침내 화사한 생명(Haim)의 꽃이 피어나는 형상으로 한 이유도 바로 여기에 있다.

나의 손길이 고스란히 담긴 투하임의 작은 제품 하나가 지친 당신의 몸과 마음을 어루만지고, 다시 일어설 힘을 주는 회복의 빛이 되기를 소망한다. 자신을 정성껏 어루만지는 그 터치를 통해, 당신이라는 존재가 가진 가장 아름다운 생명력이 당신의 삶 속에 활짝 피어나기를 바란다.

Tou:haim
TOUCH AWAKENS LIFE

Haim이란 22년의 세월 동안 수만 명의 몸과 마음을 통과하며
마침내 마주한 살아있는 생명력이다.
나를 귀하게 여기는 하루3분이 당신의 일상을 어떻게
눈부신 생명의 꽃으로 피워내는지 경험해 보길 바란다.

비로소 보이는
내가 오르는 산길

설악산 울산 바위가 정면으로 마주 보이는 곳으로 여행을 다녀왔다.

흰 눈이 내려앉은 겨울 설악은 그야말로 경이로운 절경이었다. 시선이 닿는 곳마다 펼쳐지는 장관에 홀린 듯 카메라를 들지 않을 수 없었다. 유려한 산기슭의 곡선과 울산 바위의 거친 골격이 어우러진 모습은 마치 신이 빚어낸 위대한 예술품 같았다.

울산 바위가 파노라마처럼 펼쳐지는 카페에 앉아 조용히 그 풍경을 감상해 보았다. 놀라운 점은 이번이 벌써 세 번째 방문이라는 사실이다. 늘 푸른 잎이 무성한 여름 산과 단풍

이 물든 가을 산을 보았는데 흰 눈 덮인 겨울 설악은 처음이
었다. 잎을 떨구고 길 위에 눈이 쌓이니 이전에는 보이지 않
던 산길의 실루엣이 비로소 또렷하게 드러났다. 마치 박물관
에서 도슨트의 설명을 듣고 난 뒤 작품이 전혀 다르게 보이
는 것처럼 말이다.

나의 진심과 일에 대한 뜨거운 열정을 더 깊이 나누고 싶
어, 나는 책을 쓰기 시작했다. 에스테티션으로 살아온 지난
20여 년의 시간을 가만히 되돌아보니, 강혜진이라는 한 개인
의 삶에도 참으로 많은 부침과 풍파가 있었다. 수많은 고객
님을 마주하며 매일같이 그들의 희로애락을 내 것처럼 나누
었던 시간 또한, 돌이켜보면 참으로 파란만장한 여정이었다.

기억에 남는 에피소드만 추려 엮은 글인데도, 돌이켜보니
그 안에는 적지 않은 굴곡과 선택의 시간이 담겨 있었다. 원
고를 마무리하는 과정에서 문장 하나하나를 점검하며, 인생
의 변곡점마다 스스로 던졌던 질문 하나가 떠올랐다.

"나는 지금 어디쯤 와 있는 것일까?"

그 질문은 늘 나를 새로운 선택과 성장으로 이끄는 이정표

가 되어 주었다.

　나의 글을 본 누군가가 이렇게 말씀하셨다.

　"그동안 참 열심히 사셨네요."

　"굽이굽이 고난과 역경을 이겨내며 걸어온 삶이었지요."

　인생의 여러 일들을 만나며 비로소 하나님의 뜻과 은혜를 깨닫는 순간이 있었다. 그 벅찬 은혜를 지인과 나누었을 때, 나는 그분에게 이렇게 물었다.

　"제가 그동안 한 단계 성장한 것 같나요?"

　"아니요, 두 단계는 성장한 것 같아요."

　힘든 시간을 하나님 안에서 잘 견뎌냈다며 나를 따스하게 토닥여 주셨다.

　설악산의 능선을 바라보며 나 자신을 표현했던 두 문장을 다시금 되새겨 보게 되었다.

　'나는 지금 어디쯤 와 있는 것일까?'

　'굽이굽이 고난과 역경을 이겨내는 삶.'

그 굽이진 길을 통과할 때마다 나는 한 뼘씩, 혹은 두 뼘씩 자라나 있었다. 설악산에는 완만한 봉우리도 있고, 끝이 보이지 않는 높은 봉우리도 있다. 수월하게 오를 때도 있지만 숨이 턱끝까지 차오르는 고통의 시간도 분명 존재한다. 하지만 고통 끝에 정상에 서면 더 넓은 시야가 열리고, 몸에는 근육이 붙고, 마음에는 여유가 생긴다.

지금 완만한 길을 걷고 있든, 높은 정상을 향해 숨 가쁘게 오르고 있든, 우리는 땅만 보고 걷느라 자신의 모습이 얼마나 근사한지 모를 때가 많이 있다. 하지만 타인의 눈으로 보면 그 모든 분투는 깊은 울림과 감동이 된다.

많은 이들이 설악산의 다채로운 풍경을 보며 쉼을 얻고 힘을 내듯, 나의 이야기와 내가 만난 사람들의 기록이 독자들에게 따뜻한 휴식과 새로운 용기가 되기를 소망한다.

2026년 2월 강혜진

Special Page

전문가의 홈 케어 부록

근본적인
내 몸 관리를 위한
3가지 원칙

건강한 아름다움은 결코 피부 표면에서 완성되는 것이 아니다. 아무리 좋은 화장품을 사용하고 관리를 더해도, 몸의 리듬이 무너지면 피부는 반드시 신호를 보낸다. 우리가 먹고, 움직이고, 잠드는 일상의 삼박자가 조화롭게 맞물릴 때 비로소 진정한 생기가 피어난다.

에스테틱 샵의 관리는 분명 '특별한 처방'이다. 하지만 그 효과를 오래 유지시키는 힘은 결국 일상에서 만들어진다. 하루 세 번의 식사, 짧은 움직임, 충분한 수면 같은 기본적인 습관이 쌓여 몸의 순환을 살리고, 그 순환이 피부의 빛을 결정한다.

다음의 3가지 루틴은 거창한 방법이 아니다. 누구나 할 수 있지만, 꾸준히 실천하는 사람만이 변화를 경험하는 원칙이다. 이것은 단순한 관리법이 아니라 당신의 삶을 지탱하는 단단한 뿌리가 되어줄 것이다.

　TOUCH, 생명을 깨우는 손길

① 식단 – 건강의 기초 쌓기

식단은 독소를 비우고, 필수 영양소를 채워 몸을 보호하는 가장 직접적인 방법이다.

✓ 설탕, 정제 탄수화물, 가공식품 섭취 줄이기

✓ 과식과 야식 줄이고, 식사 간 공복 시간 확보

✓ 식이섬유가 풍부한 채소, 충분한 단백질, 좋은 지방 등 영양소 섭취

✓ 하루 1.5L 이상 물 마시기

Tip 하루 식단을 돌아보고 제일 시급한 것부터 개선해 보자.

② 운동 – 순환과 기초 대사량을 지키는 장치

운동은 노폐물을 비우고, 근력을 채워 면역력을 보호하는 과정이다.

✓ 식후 가벼운 산책, 계단 오르기

✓ 주 2~3회 근력 운동

✓ 가벼운 스트레칭

Tip 일상생활에서 할 수 있는 가벼운 신체 활동부터 시작해 보자.

③ 수면 – 회복과 면역을 완성하는 시간

수면은 뇌의 노폐물을 비우고, 에너지를 채워 내일을 위한 방어막을 보호하는 골든 타임이다.

✓ 하루 7시간 숙면

✓ 일정한 취침·기상 시간 유지

✓ 취침 전 과도한 자극(야식·전자기기) 줄이기

Tip 침대에서 유튜브와 SNS를 끄는 것부터 시작해 보자

"완벽함보다는 꾸준함이 승리한다."

오늘 모든 항목을 다 채우지 못했어도 괜찮다. 가장 시급한 딱 1가지만이라도 어제보다 나아졌다면 당신의 몸은 이미 회복을 시작했다.

나는 내 몸 관리를 잘 실천하고 있는가?

각 항목에 예(1점)/아니오(0점)로 체크하세요.

☐ 설탕, 정제 탄수화물, 가공식품을 멀리한다

☐ 야식 금지 및 식사 사이 공복 유지를 하고 있다

☐ 채소, 단백질, 좋은 지방을 섭취하고 있다

☐ 하루 물을 1.5L 이상 마시고 있다

☐ 아침저녁 스트레칭을 하고 있다

☐ 식후 15분 산책을 하고 있다

☐ 스쿼트, 플랭크 등의 근력 운동을 주2-3회 하고 있다

☐ 하루 7시간 이상 수면을 취하고 있다

☐ 취침 30분 전 스마트폰을 멀리하고 있다

☐ 일정 시간에 자고 일어나고 있다

점수 해석 (10항목 기준)

✔ **8~10점** 현재 루틴을 유지

✔ **5~7점** 기본은 지키고 있지만 흔들리고 있다. 가장 부족한 1가지부터 보완 필요

✔ **4점 이하** 몸의 균형이 무너질 가능성, 식단· 운동· 수면 중 가장 약한 영역부터 집중 관리 필요

피부 관리 홈 케어
3단계 법칙

수만 번의 임상을 거치며 피부 관리에 관해 내가 내린 결론은 의외로 단순하다. 피부 관리는 복잡한 공식이 아니라 기본에 충실할 때 가장 빛나는 효과를 발휘한다는 사실이다. 그 핵심은 잘 비우고, 제대로 채우고, 철저히 보호하는 것에 있다.

모공 속 노폐물을 충분히 비워내지 않은 채 보습제만 덧바르는 것은 수분을 채우는 일이 아니라, 오히려 트러블의 원인을 가두는 행위에 가깝다. 반대로 깨끗이 정돈된 피부에 적절한 보습과 영양을 채워주지 못하면 피부는 스스로 회복할 힘을 잃고 탄력 또한 서서히 무너진다.

결국 건강한 피부는 '비움'과 '채움'이 균형을 이룰 때 완성된다. 그리고 그 위에 자외선과 외부 자극으로부터 피부를 지켜내는 '보호'가 더해질 때, 비로소 홈 케어는 관리가 아닌 시스템이 된다.

① 세안(비우기) – 내 피부 타입에 맞는 '세안법'

세안은 피부의 불필요한 노폐물과 피지를 비워내어 다음 단계를 준비하는 기초 공사이다.

- ✔ 건성: 피부 장벽을 지키는 약산성 클렌징 젤/로션 선택
- ✔ 지·복합성: 오일/밤으로 피지를 녹여내고, 아침에는 가벼운 클렌징로션이나 폼 클렌징 세안
- ✔ 민감성: 클렌징로션/젤과 같은 제형에 자극 성분 없는 저자극 제품으로 피부 장벽 보호

  Tip 뽀득뽀득한 느낌보다 세안 후 '당김이 없는 상태'를 내 피부의 기준으로 삼아보자.

② 보습(채우기) – 겹겹이 쌓는 '수분 레이어링'

비워진 모공 속에 영양을 어떻게 채우느냐가 피부의 자생력과 밀도를 결정한다.

- ✔ Step 1: 입자가 작은 토너와 에센스로 수분 길 열어주기
- ✔ Step 2: 점도가 있는 세럼으로 속 당김 부위를 촘촘하게 채우기
- ✔ Step 3: 로션과 크림으로 수분이 날아가지 않게 얇은 코팅막 씌우기

  Tip 한 번에 많이 바르기보다 '얇게 여러 번' 흡수시키는 것이 흡수율을 높이는 핵심이다.

③ 선 케어(보호하기) – 가장 확실한 '안티에이징'

정성껏 비우고 채운 피부를 자외선으로부터 철저히 지켜내는 마지막 방어선이다.

- ✔ UVA 차단
  - 특징: 구름과 유리창을 뚫고 들어와 피부 깊숙이 침투
  - 영향: 주름, 탄력 저하, 기미
  - 체크: 실내에 있거나 흐린 날에도 PA+, PA++++ 등의 기호를 꼭 확인
- ✔ UVB 차단
  - 특징: 피부 겉면을 뜨겁게 달구고 태움
  - 영향: 붉게 익는 화상, 따가움, 잡티
  - 체크: 야외 활동이 많을수록 SPF 30, SPF 50 등 숫자가 높은 것을 선택

     TOUCH, 생명을 깨우는 손길

✔ 자외선 차단 시간: 땀이나 유분에 씻겨 나가므로, 2~3시간마다 '자주 바르는 것'
이 훨씬 효과적이다.

Tip 선크림은 피부 밀착력이 강하므로 피부 트러블 예방을 위해 꼼꼼한 세안을 권장한다.

나는 제대로 비우고, 채우고, 보호하고 있는가?

각 항목에 예(1점) / 아니오(0점)로 체크하세요.

☐ 세안 후 피부에 심한 당김이 없다

☐ 내 피부 타입에 맞는 클렌징 제형을 사용하고 있다

☐ 뽀득한 느낌을 기준으로 제품을 고르지 않는다

☐ 세안 직후 3분 이내 보습을 시작한다

☐ 세럼 → 크림 → 선크림 순서를 지킨다

☐ 속 당김 부위는 한 번 더 레이어링한다

☐ 한 번에 많이 바르지 않고 얇게 여러 번 흡수시킨다

☐ 매일 선크림을 기초 마지막 단계로 바른다

☐ 선크림은 2~3시간마다 덧바른다

☐ 선케어를 '외출용'이 아닌 '기본 관리'로 인식한다

점수 해석 (10점 만점)

✔ **8~10점**　피부 관리 루틴이 안정적. 현재 습관을 유지

✔ **5~7점**　일부 단계가 흔들리고 있다. 가장 낮은 영역부터 보완 필요

✔ **4점 이하**　피부 장벽 손상 가능성이 있다. 세안-보습-선케어를 전면 점검 필요

손끝으로 여는
림프 순환 3단계 루틴

"림프는 우리 몸의 노폐물 처리장이다."
림프 순환은 단순한 바디 관리의 영역을 넘어, 피부 컨디션을 좌우하는 핵심 요소다. 림프의 흐름이 정체되면 노폐물 배출이 원활하지 못해 얼굴이 쉽게 붓고, 피부 톤은 칙칙해지며 생기가 떨어진다.

부드러운 림프 자극은 정체된 체액의 흐름을 돕고 부종을 완화해 줄뿐 아니라, 산소와 영양 공급을 원활하게 만들어 피부 톤과 탄력, 윤기 개선에 긍정적인 영향을 준다.

따라서 홈 케어에서의 림프 관리는 단순한 마사지가 아니라, 피부 표면 아래의 '흐름'을 바로 세우는 기본 작업이다. 거창한 기술이 필요한 것은 아니다. 손끝의 가벼운 자극만으로도 충분하다. 이제 일상에서 누구나 실천할 수 있는 림프 순환 3단계를 시작해 보자.

 TOUCH, 생명을 깨우는 손길

① **1단계: 배출구 열기(목·쇄골)**

　✔ 귀 뒤에서 쇄골 방향으로 쓸어내리기

　✔ 위에서 아래로, 좌우 5~7회

② **2단계: 독소 비우기(액와·겨드랑이)**

　✔ 겨드랑이 안쪽을 가볍게 톡톡 두드리기

　✔ 좌우 각 100회, 부종 완화

③ **3단계: 하체 순환(서혜부·사타구니)**

　✔ 사타구니 부위를 손바닥으로 부드럽게 압박하기

　✔ 하체 부기 및 냉증 완화

Tip 림프는 섬세한 통로이므로 강한 압력은 금물이다. 오일을 사용하여 마찰을 줄이고, 아기 피부를 만지듯 부드럽고 가벼운 터치로 매일 꾸준히 관리하는 것이 가장 효과적이다.

나는 지금 림프 순환이 원활한 상태인가?

각 항목에 예(1점) / 아니오(0점)로 체크하세요.

☐ 아침에 얼굴이 쉽게 붓는다

☐ 눈두덩이나 턱 라인이 자주 부어 보인다

☐ 오후가 되면 얼굴이 칙칙하고 무거운 느낌이 든다

☐ 어깨와 목이 자주 뻐근하다

☐ 겨드랑이 안쪽이 뻐근하거나 만지면 아프다

☐ 팔뚝에 살이 찐다

☐ 손가락과 발가락이 자주 붓는다

☐ 저녁이 되면 종아리가 단단해진다

☐ 양말 자국이 오래 남는다

☐ 다리가 차갑고 쉽게 피로해진다

점수 해석 (10문항 기준)

✔ **8~10점**　　림프 흐름 저하 가능성 높음, 적극적 관리 권장

✔ **5~7점**　　부분적 정체 가능성, 순환 관리 필요

✔ **4점 이하**　　림프 순환이 비교적 원활한 상태

뱃살이 빠지는 기적,
장(腸) 회복 3단계 루틴

뱃살은 단순히 지방의 문제가 아니다.

무너진 혈당 리듬과 둔해진 장의 움직임이 보내는 신호일 수 있다.

식습관이 흐트러지고 장의 연동 운동이 약해지면 노폐물 배출이 지연되고 복부는 쉽게 붓고 무거워진다.

이 상태에서 겉으로 드러난 뱃살만 줄이려는 시도는 오래가지 못한다. 장이 깨어나야 복부도 가벼워진다. 혈당을 안정시키고 장의 흐름을 회복하는 것, 그것이 진짜 변화의 시작이다.

이제 스스로 장을 깨우는 '엘하임 식단'과 루틴을 일상에 들여보자. 작은 습관의 전환이 몸의 균형을 되돌리고, 복부의 라인까지 서서히 달라지게 할 것이다.

STOP
GO
①
olive Oil
YOGURT

②

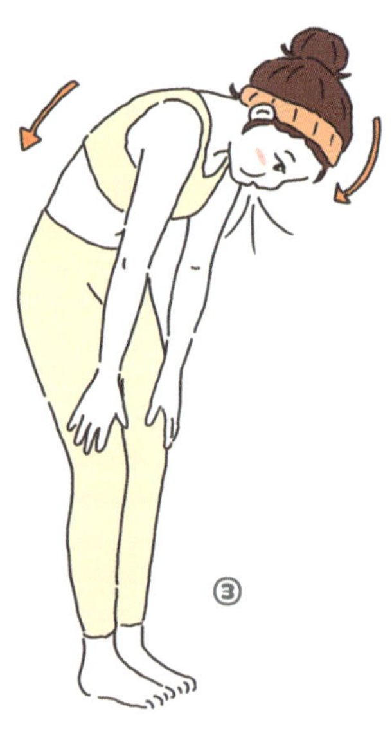
③

① 1단계: 혈당과 배출을 동시에 잡는 '장 건강 식단'

장은 영양을 흡수하는 기관이자, 노폐물을 걸러내는 필터다. 무엇을 채우느냐가 장의 컨디션을 결정하다.

- ✓ 아침 공복 올리브유 한 스푼
- ✓ 식이섬유 + 천연 발효 식품
- ✓ 무설탕 그릭요거트, 천연 발효 치즈
- ✓ 병아리콩, 서리태, 현미, 귀리
- ✓ 양배추, 브로콜리, 토마토, 키위, 블루베리
- ✓ 미역, 다시마, 톳, 표고버섯
- ✓ 복부 팽만 시, 식물성 단백질과 좋은 지방
- ✓ 두부, 두유, 견과류, 아보카도 등 식물성 중심으로
- ✓ 하루 물 1.5L

② 2단계: 꽉 막힌 길을 여는 '셀프 장 마사지'

장의 연동 운동이 둔해졌다면 손끝으로 흐름을 유도해야 한다.

- ✓ 배꼽을 중심으로 시계 방향 원을 그리듯 마사지
- ✓ 오른쪽 아랫배에서 시작해 갈비뼈 아래를 지나 왼쪽 아랫배까지 천천히 압력 이동

③ 3단계: 장의 위치를 바로 세우는 '장 스트레칭'

처진 장을 끌어올리고, 혈당을 안정시키는 움직임이 필요하다.

- ✓ 식후 20분 가벼운 산책 또는 계단 오르기
- ✓ 복식 호흡 + 흉식 호흡 병행
- ✓ 아랫배 자극 스트레칭: 숨을 내뱉으며 아랫배에 힘을 주고, 배꼽을 보며 허리를 구부린다.

Tip 장을 깨우면 복부가 가벼워지고, 복부가 가벼워지면 몸 전체의 리듬이 달라진다.

나는 지금 장을 살리는 식사를 하고 있는가?

각 항목에 예(1점) / 아니오(0점)로 체크하세요.

☐ 하루 1.5L 이상 물을 마신다

☐ 정제 탄수화물(빵·떡 등)을 매일 먹지 않는다

☐ 설탕·액상과당 음료를 자주 마시지 않는다

☐ 식사 시 단백질을 반드시 함께 섭취한다

☐ 식사 순서를 채소 → 단백질 → 탄수화물 순으로 지킨다

☐ 식이섬유(채소·해조류·통곡물)를 매일 섭취한다

☐ 발효 식품(요거트·낫토 등)을 주 3회 이상 섭취한다

☐ 튀김·패스트푸드를 주 2회 이상 먹지 않는다

☐ 가공육(햄·소시지)을 자주 먹지 않는다

☐ 과식·야식을 자주 하지 않는다

점수 해석 (10문항 기준)

✓ **8~10점**   장 리듬이 안정적

✓ **5~7점**   혈당 또는 배출 리듬에 흔들림, 식단 관리 필요

✓ **4점 이하**   장 회복 루틴을 적극 권장

자기 돌봄의
마음 관리 5가지 처방

"피부가 맑아지려면 먼저 속이 비워져야 하듯, 마음이 편안해지려면 무거운 감정을 내려놓아야 한다. 22년 동안 현장에서 수만 명의 근육을 풀며 깨달은 것은, 몸의 긴장을 푸는 열쇠는 결국 내면에 있다는 사실이었다."

부정적인 생각 비우기

우리는 종종 '나만 부족한 건 아닐까'라는 불안과 자책에 빠지곤 한다. 나 역시 육아가 뜻대로 되지 않고 주변에서 부정적인 피드백을 받을 때, 모든 것이 내 잘못처럼 느껴져 나를 스스로 미워하던 시간이 있었다. 하지만 그 시간을 이겨내며 깨달았다. 인생에는 정답이 없으며, 우리는 누구나 실수하며 흔들릴 수 있는 존재라는 것을. 자신의 삶을 찾아가며 나를 인정해 주자 비로소 아이를 편안하게 대할 수 있었고, 아이도 안정을 되찾았다. 실수한다고 해도 당신의 인생이 실패한 것은 아니다.

***

너무 잘하려고 하지 말고, 마음을 살짝 내려놓고 오늘 하루도 잘 살아낸 나를 힘껏 칭찬해 보자.

일상의 당연함을 '감사'로 바꾸기

허리 디스크로 제대로 걷지도, 눕지도 못했던 20대 시절, 나의 유일한 소원은 '아프지 않고 깊이 잠드는 것'이었다. 그때의 간절함을 기억하기에 나는 오늘도 내 몸으로 일할 수 있음에 깊이 감사한다. 우리가 원하는 것을 갖지 못해 불평하는 순간에도, 누군가는 우리가 누리는 평범한 일상을 간절히 바라고 있을지 모른다. 아침에 아이와 눈을 맞추는 일, 내 재능으로 누군가를 회복시키는 일. 이 당연한 하루를 살아내는 것조차 실은 선물 같은 일이다.

***

오늘 감사했던 일 3가지를 적어 보며 하루를 마무리해 보면 어떨까?

단점은 나를 일으키는 소중한 보석

나는 학창 시절 못생긴 엄지손가락이 부끄러워 게임할 때도 손을 숨기곤 했다. 허스키한 목소리와 작은 키도 늘 콤플렉스였다. 그러나 지금, 그 투박한 엄지는 매일 수많은 사람의 고통을 덜어주는 치유의 도구가 되었고, 낮은 목소리는 고객들에게 깊은 신뢰와 안정을 주는 진정성의 표시가 되었다. 작은 키 덕분에 베드 앞에서 깊이 숙이지 않아 허리 통증 없이 오랫동안 일할 수 있게 되었다. 내가 단점이라 여겼던 것들이 사실은 나를 가장 빛나게 하는 보석이었다.

* * *

당신 안에 숨겨진 보석을 다른 누구보다 먼저 사랑해 보자.

남과 비교하며 현실을 비관하지 않기

사회 초년생 시절부터 재벌, 연예인, 자수성가한 자산가 등 각 분야에서 최고의 명성을 가진 고객들을 수없이 만나왔다. 하지만 단 한 번도 그들과 비교하며 나의 삶을 비관해 본 적이 없다. 나는 SNS에 자랑할 만큼 화려한 인생을 살지도, 모두가 다 알아줄 만큼 거창한 성공을 거두지도 않았다. 여전히 육아와 일을 병행하는 지극히 평범한 일상을 보내

고 있지만, 나는 나의 일을 사랑하며 주어진 삶에 만족하며
살아간다. 마음속으로 타인과 나를 비교하지 않았기에 타
인을 진심으로 돌볼 수 있는 여유도 가질 수 있었다. 우리는
모두 그 자체로 존귀한 존재이다.

＊＊＊

타인의 속도가 아닌, 당신만의 속도로 걷고 있는 오늘의 삶을 스스로
응원해 보자.

나를 위한 '기분 전환' 루틴 만들기

마음이 한계에 다다랐을 때, 단 한 시간이라도 온전히 자신
을 위한 시간을 선물해 보자. 감정의 과부하를 막고 다시 나
아갈 에너지를 채워주는 휴식 방법을 소개한다.

＊＊＊

① **일상의 공간에서 벗어나기**: 심한 스트레스를 받거나 일상이 버겁
게 느껴진다면 일상의 공간에서 벗어나 보자. 가까운 공원에서 자
연을 보거나 탁 트인 창이 있는 카페에서 숨을 고르는 것만으로도
감정이 환기될 것이다.

② **마사지로 몸과 마음 연결하기**: 누군가의 따뜻한 손길과 은은한 아
로마 향은 자율신경계를 안정시키는 가장 빠른 길이다. 불안을 잠
재우고 나 자신을 귀하게 여기는 마음을 일깨워 줄 것이다.

③ **운동으로 정체된 감정 발산하기**: 마음이 답답할 땐 몸을 움직여야
한다. 땀이 날 정도의 활기찬 운동으로 정체된 에너지를 털어내거
나, 가벼운 스트레칭으로 자율 신경을 이완시켜 보자.

④ **몰입의 즐거움 속으로 빠져들기**: 좋아하는 책을 즐기는 여유로운
독서와 정성껏 문장을 써 내려가는 필사는 잡념을 없애준다. 무언
가에 깊이 빠져드는 몰입의 시간은 자신을 괴롭히던 생각들로부
터 자유로워지는 휴식처가 될 것이다.

⑤ **든든한 '대나무 숲' 찾기**: 사랑하는 사람들과 나누는 즐거운 대화와
수다만큼 좋은 치유제는 없다. 마음껏 털어놓을 수 있는 나만의 대
나무 숲에서 웃고 떠드는 사이, 어느덧 마음의 짐은 가벼워져 있을
것이다.

⑥ **수면**: 가장 완벽한 회복인 깊은 수면은 몸과 마음이 자생적으로
치유되는 시간이다. 잠들기 전 스마트폰을 내려놓고 어둠 속에서
오직 자신의 숨소리에 집중해 보자. 어제의 가라앉은 감정을 씻어
내고, 오늘을 살아갈 새로운 생명력을 채워주는 고요한 보약이 되
어 줄 것이다.

나는 내 마음을 잘 돌보고 있는가?

각 항목에 예(1점) / 아니오(0점)로 체크하세요.

☐ 완벽하려는 마음을 내려놓으려 노력한다

☐ 오늘 하루 잘 살아낸 나를 칭찬한다

☐ 하루에 감사한 일을 한 가지라도 떠올린다

☐ 나만의 개성과 강점을 찾으려 노력한다

☐ 과거의 콤플렉스를 성장의 자산으로 바라본다

☐ SNS를 보며 나를 비하하지 않는다

☐ 타인의 속도와 나를 비교하지 않는다

☐ 힘들 때 나만의 휴식 방법이 있다

☐ 몸을 움직이며 감정을 해소한다

☐ 마음을 털어놓을 사람이 있다

점수 해석 (10점 만점)

✔ 8~10점   마음의 균형이 안정적. 자기 돌봄이 잘 이루어지고 있다

✔ 5~7점   전반적으로 괜찮지만, 일부 영역이 지쳐 있다. 가장 낮은 부분부터 보완

✔ 2~4점   비교·자책·피로가 누적되어 있을 수 있다. 휴식과 감정 정리가 필요

✔ 0~1점   감정 과부하 상태일 가능성이 크다. 혼자 버티지 말고 전문가에게 도움 요청